Tanja Jeschke · Fette Beute Wort

Tanja Jeschke

# Fette Beute Wort

Geschichten

Klöpfer & Meyer

Für Mathias

# Fette Beute Wort

Als ich fünf Jahre alt war, packten meine Eltern die Dinge in große Holzkisten und zogen mit uns Kindern fort aus Afrika nach Deutschland. Es war eine lange Reise, und wir ließen die Großeltern mit dem großen Sonnengarten hinter uns und tauschten sie ein gegen die Großeltern mit den vielen Büchern. Diese schienen eine besondere Bedeutung zu haben, sie wurden stundenlang in den Händen gehalten, eingehend betrachtet, man mußte still sein in der Nähe eines Buches, und obwohl mir nicht klar war, was an den bilderlosen Seiten so spannend war, sah ich doch in den Augen von Onkel, Oma und Tante jenes großartige Vergnügen schillern, das ich bei mir vom Schaukeln kannte. Am Tisch sprachen sie oft darüber, und es begann mich zu ärgern, daß es Wichtigeres gab als mich, nämlich Bücher, und daß ich da nicht mitreden konnte. Noch nicht, dachte ich, noch nicht, aber später, wenn ich groß bin. Wie lang würde das noch dauern? Mir zu lang.

Eines Tages ließ meine Tante ihr Buch sinken und sagte: »Heute fahren wir auf die Insel Reichenau.« Und ich durfte mit. Wieder eine Reise, und wir kamen in einen schönen Sonnengarten, riesiger als der in Afrika, von Wasser umgeben, still und voller Vögel. Wir machten eine lange Wanderung und stießen auf eine großes Tomatenfeld. Hier hatten wir Hunger, auf nichts als Tomaten, denn wie sie hier hingen, prall und rot, gab es nichts Besseres auf der ganzen Welt, und ich war überzeugt: Nicht einmal ein Buch könnte meiner Tante jetzt mehr gefallen als so eine Tomate, mir erst recht nicht. So standen wir da und schauten auf die unzähligen Stauden mit den roten freundlichen Punkten. Kein einziger davon gehörte uns, wußte ich mit tiefem Bedauern. Da machte meine Tante einen Sprung wie eine Katze, landete über dem Graben mitten im Feld und pflückte zwei Tomaten einfach ab. Ich schaute entzückt und wollte doch meinen strengen Zeigefinger erheben, der durch einen Spinnfaden mit der Weltgerechtigkeit verbunden war. Diesbezüglich also ein Marionettenkind, rief ich – schon halb im Bewußtsein köstlicher, ungezogener Freiheit –: »Aber die sind ja gestohlen!«

»Nein«, sagte meine schwarzbehoste Tante, deren lange Beine wie die Gazellen dastanden, freie Tiere Afrikas, »nein«, sagte sie und sprang zu mir zurück, »nein, das ist stibitzen.«

Da war er, der ungeheure Unterschied, wundersam geformt allein durch ein Wort, ein anderes Buchstabengerüst, von dem jetzt – an Stelle der klappernden Gesetzestafeln, die mich hungrig ließen – die Freiheitsfahnen flatterten. Die Tomate war Evas

Apfel und nachträglich dieser doch zugänglich, und prompt erschien die Insel Reichenau als Paradies. Irgendwo in der Ferne rannte Eva auf ihren kurzen Lügenbeinen davon, sie hatte ihre Stelle am Anfang der Welt verloren, es war alles ganz anders, war eben umgeschrieben, und die Stauden ragten auf wie Cherubim.

Mit langen Fingern reichte mir die Tante eine Tomate, und ich biß hinein in die Stibitzte, und während wir am Feldrand standen und kauten, sahen wir hinüber zum Bodensee, über dem das Wort, dieses neue komische vielversprechende Wort glitzerte wie die Sonne Afrikas und allen Hunger stillte. Ich ahnte Schätze überall, wortwörtliche, schluckte die Stibitzte, barg sie im Bauch und nahm sie mit nach Hause wie eine fette Beute.

Jetzt verstand ich, was es mit all den Büchern auf sich hatte: Die Großen holten sich daraus die Wörter, die ihnen paßten, und taten dann im Leben, was ihnen gefiel. In den Büchern stand demnach nicht, was sein sollte, sondern was vom Paradiese übrigblieb. Lesen schien sich sehr zu lohnen. Doch wie sollte ich mir das Diebesgut ergattern, wenn ich nicht lesen konnte? Es blieb mir nichts anderes übrig, als die Sache umzudrehen, mir also zuerst ein paar Wörter auszudenken, das konnte so schwer nicht sein, und daraus dann ein eigenes Buch zu machen. Dann würde ich wissen, was drin stand, ohne lesen zu können, und über denselben Schatz verfügen wie die andern. Und dann stimmte nicht mehr das, was sie sagten, sondern das, was mir gefiel.

Ich nahm ein paar Blätter Papier und knickte sie zum Buch. Ein kleines würde für den Anfang reichen. Ein bißchen Platz sollte übrigbleiben für die Bilder, die ich dazumalen wollte, nur damit ich die Wörter dann auch wiedererkennen könnte. Jetzt brauchte ich noch jemanden, der mir die Buchstaben vorzeichnete. »Oma«, sagte ich, »ich denke mir jetzt etwas aus. Schreib du es mir auf.« Wir setzten uns an den Tisch, ich gab ihr einen Stift und schneeweißes Papier. Und jetzt? »Der kleine Angeber«, probierte ich laut mit der Zunge und war sofort einverstanden, denn es beglückte mich, daß es diesen nun gab, der vor einem Augenblick noch nicht vorhanden war. Daß er nun in meiner Vorstellung existierte, klein und ein Angeber, nur weil ich die Worte für ihn gefunden hatte. Und daß er jetzt gleich auf dem Papier stehen würde. Ich begann zu diktieren, Wort für Wort, und wußte selber nicht, welches als nächstes kommen würde – es war wie am Bodensee, ich stibitzte es den Cherubim. Und so stellte sich dann heraus, daß dieser Mensch in die Wolken hinaufschaut und dort ein rotes Auto fahren sieht und es allen erzählt. Das war es auch schon. Daß er so hieb- und stichfest etwas erzählte, was es zuvor noch nicht gegeben hatte, schien er von mir zu haben. Ich sah ihn vor mir, wie er Vergnügen daran fand, die Dinge aus dem Lot zu zeigen, den Leuten die Hälse zu recken in Richtung Wolken. Meine Oma setzte die

Buchstaben zu einem Gefüge, das alles auf dem Papier beisammenhielt. Es wurden lauter schöne Striche und Querbalken, kleine Bögen und Blasen, Kreuze und Kringel, sie sahen so zuverlässig aus wie meine Oma, und ich glaubte ihnen bereitwillig eine gewisse Übereinstimmung mit den Worten aus meinem Mund. Am Anfang war das Wort und am Ende auch und dann ein Punkt. Fertig war die Geschichte. Jetzt mußte ich sie nur noch in mein leeres Buch übertragen. Ich malte die Buchstaben ab, Strich für Strich, und dann den Angeber, eine kleine Figur mit großen Augen und Ohren, und oben, wo das Papier aufhörte, blies ich per Stift eine Wolke auf, dick und stark genug, um ein feuerrotes Auto zu tragen.

Hinterher verstand ich den Wirbel noch etwas besser, den die Großen um ihre Bücher machten. Es war wirklich eine feine Sache und fast so schön wie Schaukeln. Wenn ich nur erst lesen könnte! Es war ja sehr befriedigend zu wissen, was in meinem Buch stand. Ab und zu hockte ich mich auf eine Sessellehne, schlug es auf und las zwischen den Bildern und den Buchstaben hin und her, schloß dann die Augen und las alles auswendig. Aber wie mußte es erst sein, zu lesen, was man noch nicht vorher wußte! Das meiste von dem, was keiner vorher wußte, stand in den Büchern. Jemand anderes hatte es hineingeschrieben. Und der hatte es vermutlich ebenfalls nicht vorher gewußt, so wie mir mein Buch auch erst kurzfristig am Tisch eingefallen war. Was es wohl war, was dort geschrieben stand? Um kleine Angeber konnte es nicht gehen, den hatte ich mir ausgedacht, aber vielleicht um große? Die Buch-Wörter von Onkel, Großvater und Tante waren zahlreich und schwierig und liefen schnell und im Kreis, selten einmal kam eines dabei heraus, das klar und eindeutig eine gestohlene Tomate von einer stibitzten unterschied, aber dennoch war ich überzeugt davon, daß es die Bücher sein mußten, aus denen sie stammten. Denn manchmal sagten die Großen auch schlicht und einfach: »Was gibt es heute zum Mittagessen« oder »Ich habe schlecht geschlafen«. Und diese mageren Sätze unterschieden sich so deutlich von den anderen Gesprächen, nicht nur weil ich sie verstand, sondern weil sich niemand darum scherte. Es wurde vielleicht geantwortet: »Spinatauflauf« oder: »Das liegt bestimmt am Mond«, aber damit waren die Wörter auch schon erledigt. Ganz anders bei denen aus den Büchern. Da ließen sie einander nicht ausreden. Der eine sagte dies, der andere schnappte nach Luft und sagte das, der dritte warf mehrere Wörter dem zweiten an den Kopf und die vierte nahm alle Wörter auf einmal und baute sie um. So ging es zu am Tisch und in den abendlichen Sesseln. Die Wörter schwirrten wie die Fliegen durch das Zimmer, und jeder schien eine Fliegenklappe zu besitzen, um danach zu schlagen, sieben auf einen Streich am besten, und ich schaute dem Gebaren zu und sah: Es kam nicht aus den Großen selbst, es kam aus den Büchern. Denn kaum waren die Fliegen erwischt, die

Wörter ausgeredet, griffen sie wieder zu den Büchern, die in der Nähe bereitlagen und nur darauf zu warten schienen, sie mit neuen Wörtern zu versorgen.

Manchmal waren es auch die Zeitungen, diese riesigen Papiertüren. Mit denen ging es am Morgen los, noch bevor ein Buch irgendetwas zu sagen hatte. Ich mochte sie nicht, sie verbargen alle Menschen vor mir, noch mehr als die kleinen handlichen Bücher, deren Charme ich ja inzwischen einsah. Aber die Zeitungen – sie wurden in verschiedene Teile geteilt, jeder bekam einen, und dann raschelten sie vor sich hin, oder waren das die flüsternden Wörter, die sich schon wieder in den Vordergrund drängten und gleich, wenn der Onkel mit dem Lesen fertig war, seinen Mund in Beschlag nehmen würden? Der Unterschied zwischen den Zeitungen und den Büchern bestand darin, daß die Zeitungen sagten, was in der Welt passierte, und zwar in der ganzen großen, und was meistens niemandem paßte, während die Bücher wie gesagt aufbewahrten, was den Großen besser gefiel als alles in der Welt. Aber das Endergebnis war das gleiche: Wörter, Wörter, Fliegenklappen, lange Sätze, gefurchte Stirnen, glimmende Augen.

Als der Winter kam, nahm das Lesen der Großen überhand. Es war kalt und düster draußen, der Sonnengarten Afrikas schien mir ferner denn je, und der kleine Angeber lag mit zwei Eselsohren neben dem Radio. Dann fielen unzählige weiße Punkte vom Himmel, der erste Schnee meines Lebens stellte jedes erste Buch gänzlich in den Schatten, weißes Papier lag im Garten ausgebreitet, und die Schaukel stand darauf wie ein großer Buchstabe. Ich schaukelte und flog hinauf zu den Wolken und ob dort ein rotes Auto parkte oder nicht, war mir ganz gleich, ich übte abspringen und landete im Schnee und war überzeugt, daß die Großen nur lasen, weil sie nicht mehr wußten, wie es war, weich zu fallen.

Eines Tages wachte ich auf, und der Schnee war über Nacht fortgewaschen von einem unaufhörlichen Regen. Zuerst war ich enttäuscht, aber dann dachte ich, daß es nun vermutlich wieder warm werden würde, sobald es zu Ende geregnet hatte, und die Aussicht aufs Barfußlaufen tröstete mich. Es wurde jedoch nicht warm, sondern blieb kalt und naß, und meine Tante lag krank im Bett, unter Taschentüchern und Büchern vergraben. Ich beugte mich vor, um ihre rote Nase zu sehen, da fragte sie mich heiser, ob ich lesen lernen wolle. Natürlich wollte ich das, schon lange, aber war dazu nicht jene Schule da, in die ich erst noch gehen müßte, in viel zu ferner Zukunft? Dies aber war meine Tante, und sie hatte einst schon Tomaten keineswegs gestohlen. Und ich wußte inzwischen, daß man einen großen Sprung machen konnte über den Graben wie eine Katze, und den machte ich, mitten auf die Bettdecke, und landete weich wie auf Schnee.

»Zieh deine Schuhe aus«, sagte meine Tante, und weil es mir gefiel, zog ich die Strümpfe auch noch aus. Da saß ich mit meinen baren Winterfüßen, die die Luft kaum mehr kannten, und streckte sie aus zwischen all den Büchern, Flach- und Spitzdachhäuser im weißen Bergdorf.

Meine Tante schlug mir vor, als erstes das Alphabet zu lernen. »Such dir irgendein Buch aus.« Ich wanderte die Hänge hinauf und hinab, bis meine Augen zum dicksten Haus der Gegend kamen, dessen Alphabet mir am meisten herzugeben schien. Ich pflückte es vom Grundstück und öffnete die Tür. Zuerst nur weißes Papier, zum Anmalen gedacht, dann ein paar fette Lettern, wenige, aber für den Anfang genug.

»Ist dies das Alphabet?« fragte ich, und meine Tante flüsterte: »Ja« Wir waren beide für einen Augenblick stumm. Dann hustete meine Tante und las mir vor, was dort stand. Ich sprach es nach, hatte aber das Gefühl, daß ich noch nicht las. Es war so ähnlich wie beim kleinen Angeber mit geschlossenen Augen. Aber dann nahm meine Tante ihren langen Finger und zeigte mir Buchstabe für Buchstabe, und manchen erkannte ich wieder. Das Alphabet war eine simple Angelegenheit. Es bot den Stoff fürs Lesen. Das Lesen aber ging so, daß die Augen eine Art Zunge wurden: Sie mußten sprechen, aber stumm, und die Buchstaben also aufs engste miteinander verknüpfen und die Botschaft dann an die Stimme weitergeben. Das war alles. Es war großartig. Jedesmal, wenn man ein Wort fertiggelesen hatte, fiel man weich. Die Großen hatten wirklich erstaunliche Ersatzhandlungen.

Am Abend regnete es immer noch. Meine Tante

war noch heiserer, und meine Augen glühten. Ich stieg vom Schneeberg herab und lief barfuß ins Wohnzimmer, holte meinen kleinen Angeber und las ihn noch einmal von vorn bis hinten. Kein einziges Mal schaute ich zu den Bildern hin, erst am Schluß verglich ich die Wörter damit und fand, daß die Bilder genau paßten, und das hatte ich vorher noch nicht gewußt.

# Mikado

Futsimo ist wieder nach Japan zurückgegangen. Im Dorf ist man heimlich erleichtert. Für sie ist es doch besser so, sagen alle und meinen damit, daß sie mit der japanischen Blume auf ihrem Acker nicht rechnen konnten, sie gingen hier nicht auf, die Rechnung, die jeder im Leben aufstellen und begleichen muß, und die Blume. Auch wenn Theodor Klumpp am Leben geblieben wäre, Futsimo hätte hier niemals wirklich Wurzeln geschlagen, das hat sich doch schon recht bald gezeigt, nicht erst am Schluß, als Futsimo nur noch in der Hütte vom Minigolfplatz oben am Wald saß, stumm saß, und ihr Schwiegervater hackte mit dem Spaten auf den Bahnen herum, um das Moos zu lockern und es dann fortzukehren für die kommende Saison. Er hat abends in der Wirtsstube, wo ihn seine Nachbarsleute jetzt nicht mehr im Stich ließen, einige todtraurige Worte fallen lassen darüber, daß er nicht wüßte, was er mit ihr reden sollte, weil sie überhaupt nicht reagierte und so tat, als könne sie nur noch Japanisch, aber dabei hat sie doch ganz gut Schwäbisch verstanden und auch ein bißchen gesprochen, so viel wie nötig und immer versehen mit ihrem charmanten dünnlippigen Lächeln wie mit einer Seidenschleife.

Sie wird in Japan Klavier studieren, hat er vor kurzem gesagt, und alle, die es hörten, sahen sofort ihre kleinen weißen Hände vor sich, die auffallend waren, aber was ist an ihr nicht aufgefallen. Sie hat sich schwer damit getan, die Tabletts zu tragen, man hatte immer das Gefühl, wenn sie durch den Speiseraum ging und ein Tablett trug, daß man zu ihr hinstürzen und ihr diese für sie so unpassende Last abnehmen müsse. Vielleicht auch aus dem Gefühl heraus, das sie zunächst bei jedem weckte: nämlich ihr zu dienen, ihr zu Füßen zu liegen. Ihre Finger, diese kleinen weißen, so hat Theodor Klumpp ganz am Anfang, als er sie als seine Braut ins Dorf brachte, stolz erzählt, sie sind in ihrer Kindheit mit Gewichten behängt worden, man hat das in Japan so gemacht, damit die Fingermuskeln stärker wurden fürs Klavierspiel. Es ist wohl zweierlei, kraftvoll in die Tasten greifen und Tabletts mit Kartoffelsalat und Bachforelle tragen.

Gottfried und Margret Klumpp haben ihre Schwiegertochter ziehen lassen. Sie hätten sie auch nicht halten können. Sie war eigen. Am Abend nach der Beerdigung von Theodor Klumpp ist sie mit ihrer Schwester, die in Freiburg lebt und mit einem schwarzen Porsche zum Friedhof gekommen war, nach Baden-Baden ins Ballett gefahren. Da dachte Margret Klumpp, Futsimo könne gar nicht richtig trauern, wie es sich gehört. Margret Klumpps Trauer war durch viele schwäbische Generationen hindurchgegangen, sie vermißte ihren einzigen Sohn, wie man den einzigen Sohn vermißt, aber sie blieb maßvoll und tüchtig und hat mit den Nachbarinnen den Leichenschmaus köstlich zubereitet, zehn Bleche gedeckten Apfelkuchen. Futsimos japanische Trauer war ihr fast unheimlich, diese stille Verweigerung von Tageslicht und menschlichen Gesichtern, und sie hat sich große Sorgen darum gemacht, wie Futsimo sich verhalten würde, wenn sie ihr die Grabpflege wegnehmen würde. Es ist natürlich im Dorf so, daß sich die Ehefrau um das Grab ihres Mannes kümmert. Aber Margret Klumpp hat befürchtet, daß Futsimo Orchideen pflanzen könnte oder ähnliches. Futsimos Mutter, die mit ihrem Mann zur Beerdigung extra aus Tokio hergeflogen war, hat pinkfarbene Orchideen ins Grab geschmissen. Aber Futsimo hat nichts dagegen gehabt, es schien ihr völlig gleichgültig, was mit dem Grab passieren würde, sie hatte anscheinend keinen Sinn für diese Grab-Zeremonien. Das war auch schon bei der Beerdigung zu sehen, bei der sie natürlich ohne Hut erschien. Zwar ist ihr Haar schwarz genug, aber dennoch. Sie ging gemeinsam mit ihrer Schwester zum Grabrand anstatt allein, hat die weißen Rosen, die Margret Klumpp für sie im Garten geschnitten hat, hineingeworfen und sich dann sehr schnell abgewandt, viel zu schnell, hat nicht geweint. Hat hinüber auf den Wald geschaut, und Gottfried Klumpp hat in ihrem Blick alles gelesen, was dazu zu sagen war und was sie dann in der Minigolfhütte vor sich hin gebrütet haben muß. Er hat gesagt, sie könnte den Wald kurz und klein schlagen mit ihren Klavierhänden, wenn sie wollte – so habe sie geschaut. In den Wochen danach sind ihre Augen ganz in den Schlitzgraben gesunken. Futsimo ist kein einziges Mal mehr zum Grab gegangen und sie trug nicht schwarz und sie aß normal, nur stumm, alles stumm. Bis sie dann sagte, daß sie nach Japan zurückgehen würde.

Theodor Klumpp hat Futsimo in dem Sommer vor dem Sturm geheiratet. Vorher hat er sie ein paar Mal aus Stuttgart mit ins Dorf gebracht, sie saßen ab und zu bei den Gästen in der Wirtsstube, Theodor Klumpp hat Futsimo allen vorgestellt, und es war offensichtlich, daß seine Eltern genauso überrascht, stolz und ein bißchen irritiert waren wie er selbst über diese seltene Verbindung. Daß Futsimo ihren Platz eingenommen hätte, kann man nicht behaupten, das war gar nicht nötig, man schob ihr sofort einen Stuhl hin, wenn sie kam, und man merkte kaum, daß sie nur ganz vorn auf der Kante saß, und daß sie wenig sagte, hat man natürlich auf ihr Japanisch geschoben. Theodor Klumpp hat ihr mit Vorliebe alles noch einmal und ganz langsam gesagt. Sie schaute dabei immer konzentriert auf ihren großen Ring, einen Smaragd, und danach schien sie verstanden zu haben, sie hob dann den Kopf und nickte ein paar Mal in seine Richtung, und alle Zuhörer hatten das Gefühl, die Weltuhr sei wieder ein Stück vorangegangen und neue Errungenschaften seien zu vermerken.

Das war auch in der Tat so, denn Futsimo kam aus einem sehr reichen Haus, und als die beiden heirateten, reisten ihre Eltern aus Tokio her, die Mutter in einem silbrigen Kostüm, und der Vater, ein kleiner wendiger Mann aus der japanischen Wirtschaft, hat seinem Schwiegersohn einen dicken Scheck in die Jacket-Tasche gesteckt, gleich nach dem Gottesdienst, als noch die Glocken läuteten. Theodor Klumpp hat nicht erzählt, wieviel es war, aber die Art und Weise, wie er es verschwieg, hat alles gesagt. Bald nach der Hochzeit haben die Klumpps dann ihr Ferienhotel neu ausgestattet, es wurde neuer Teppich verlegt im Speiseraum, Margret Klumpp bekam einen neuen Herd, die Gästebalkons wurden frisch verschalt, die Eingangstür ersetzt durch ein großes Portal mit Holzschnitzereien.

Theodor Klumpp und Futsimo haben in der Dachwohnung gewohnt, aber er ist täglich zum Daimler nach Stuttgart gefahren, wo er als Ingenieur gearbeitet hat, und so war sie die Woche über allein mit ihren Schwiegereltern. Das ging zunächst gut. Die neue Situation schien alle zusammenzuschweißen, und Futsimo hat sich die Zuvorkommenheit aller gefallen lassen. Sie probierte das Bedienen, und wenn sie mit ihrem gezückten Bleistift an den Tischen stand, um die Bestellung aufzunehmen, wählten die Gäste gern das vorzüglichste, teuerste Essen, aus Höflichkeit ihr gegenüber. Margret Klumpp betrachtete Futsimo mit Neugier. Sie schaute ihr mit Seitenblicken zu, wie sie am Morgen die gestärkten Servietten faltete, als handele es sich um Geschenkpapier. Sie dachte Worte wie Anmut und Reiz und wunderte sich, daß der Schatten des Schwarzwaldes vor ihrem Haus Halt gemacht hatte. Sie sah auch, wie die Gäste, Dorfleute und Touristen, Futsimo nachguckten, wenn sie mit vielen kleinen Schritten umherging, und als sie einmal hörte, wie eine Frau im Dorf zu einer andern sagte, Futsimos Füße seien so klein, weil sie vermutlich als Kind eingeschnürt worden seien, sprang sie vor, mitten ins Gespräch, und korrigierte mit einer heftigen Gemütsbewegung: Das sei bei den Chinesen so gewesen, aber doch nicht bei den Japanern. Und sie merkte, wie noch lange hinterher ihr Herz schlug, als sei es angegriffen worden, hätte aber gottlob gewonnen.

Futsimo wird es nicht ganz leicht gefallen sein, sich im Dorf einzugewöhnen. Ohne Theodor Klumpp ging sie gar nicht spazieren, in ihren freien Stunden saß sie im Garten und las Magazine oder sie schrieb Briefe, wobei sie, wie man sich auf der Post erzählte, den Absender mit japanischen Schriftzeichen versah. Nachdem sie eines Montagmorgens mit rotgeweinten Augen in die Gaststube heruntergekommen war, erschienen auf der Speisekarte neue Menüs, japanische Spezialitäten wie Sushi und Orinoko-Schuh wurden eingeführt, Futsimo durfte die Rezepte zusammenstellen, ihre Schwester kam extra einen Tag zum Helfen.

Die Klumppsche Küche schien sich in Richtung Gourmet-Restaurant zu entwickeln, das erregte einiges an Aufsehen und Skepsis im Dorf, aber Futsimo zuliebe zwinkerte die Allgemeinheit mit den Augen. Man sprach mit Humor von japanischer Marktwirtschaft und versuchte, mit freundlicher Halbbildung, an Thomas Manns »Königliche Hoheit« anzuknüpfen. Wenn Theodor Klumpp das mitbekam, schwieg er mit einem Stirnrunzeln und betrachtete Futsimos durchsichtige Ohrmuschel mit Sorge.

Aber das Haus florierte. Futsimo war die Rarität des Dorfes, beliebäugelt von allen, auch vom Bürgermeister und sogar von dessen Frau. Margret Klumpp hatte eine Sammlung von Porzellanpuppen und Mokkatassen, die sie in Vitrinen in der Gaststube ausgestellt hielt. Als die Bürgermeisters zum ersten Sushi ihres Lebens am Tisch saßen, in der Nähe der Vitrinen, und Futsimo sie eben zu ihrer vollsten Zufriedenheit bedient hatte, sagte er zu Margret Klumpp, die das Zahlen immer noch selbst erledigte, bei weitem die schönste Puppe sei Futsimo, und seine Frau nickte und nickte.

Futsimo hörte alles und es schien ihr zu gefallen. Zu Allerheiligen, als der erste Schnee gefallen war, ging sie in einem grünen Kimono allein durch das weiß verdeckte Tal. Es hat sehr schön ausgesehen, wie ihr blasses Gesicht mit dem Schnee eins war, und dazu die kühne Farbe. Zu allen Festtagen zog sie sich so an, auch zum Schützenfest, und zu Weihnachten saß sie in einem goldgelben Kimono neben Theodor Klumpp in der Kirchenbank und fingerte unablässig am Kordelquast, der wie ein Goldklumpen an der Taille hing. In die Kirche ging sie nur wegen der Zeremonien. Gottfried Klumpp hat erzählt, die Feierlichkeit dort, die Bedächtigkeit der Liturgie hätte sie an die Tee-Zeremonien in Japan erinnert.

Wenn Futsimo etwas falsch aussprach, freute man sich über die eigene Großzügigkeit ihren Fehlern gegenüber und korrigierte nur dann und wann. Das hätte ihr ein Gefühl von Zugehörigkeit geben können, denn alles, was an ihr fremd war, ließ man beiseite, und nur das Spezielle an ihr, das Hervorhebenswerte wurde gütig bedacht. Aber Gottfried Klumpp hat gesagt, daß gerade das ihr schließlich etwas ausgemacht haben muß, sie sei sich irgendwann vorgekommen wie ein Dorfschmuck oder wie ein Stück Geschäftstüchtigkeit, genau diese Worte habe sie ausgesprochen, akzentfrei, das ist erschreckend, woher hat sie die gehabt.

Jetzt, nachdem Futsimo nach Japan zurückgegangen ist, sagen einige im Dorf, die Verhältnisse hätten sich bereits vor dem Sturm getrübt, die zwischen Theodor Klumpp und Futsimo und die zwischen den Klumpps und dem Dorf. Die leichte Schräglage sei schon vorher zu spüren gewesen, die nachher ganz bergab geführt habe. Futsimo ist eifersüchtig geworden, daran ist wohl nicht zu zweifeln. Theodor Klumpp ist ab und zu abends in Stuttgart geblieben, um mit seinen Kollegen fortzugehen. Er hat das auch schon vor seiner Heirat gemacht, aber Futsimo hat sich gelangweilt, allein in der Dachwohnung, das Servieren hat sie nur am Anfang gereizt, später immer weniger, sie wollte, daß Theodor Klumpp etwas mit ihr unternahm, aber was, es gab im Dorf nichts Rechtes für junge Leute, für eine japanische und musikalische Frau erst recht nicht, und ein Klavier hätte gar nicht in die Dachwohnung gepaßt. Was sollte Theodor Klumpp machen und was Futsimo. Er hat angefangen, ihr schöne Kleider aus Stuttgart mitzubringen, Kashmirpullover und einen Nappa-Lederrock, aber das hielt nicht lange vor, bei ihr nicht, weil sie etwas anderes wollte, und bei ihm nicht, weil er ihre Extravaganz nicht auch noch unterstützen wollte. Es lag ihm auf einmal sehr daran, daß sie so normal war wie die anderen Frauen im Dorf, aber das war sie nicht. Sie war doch eine Art Prinzessin und ging auch wie eine. Das war es ja, was ihm zuerst so außerordentlich gut gefallen hat und allen im Dorf, und dann gar niemandem mehr, ihm nicht und allen im Dorf nicht, oder war die Reihenfolge andersrum, das weiß keiner mehr, und Theodor Klumpp ist tot.

Gottfried und Margret Klumpp machen keinem einen Vorwurf, es ist ja auch nichts vorgefallen, der Argwohn hat seine Runde gemacht, aber weiter war nichts. Und sie sind froh, daß die Dorfleute wieder bei ihnen in der Wirtsstube sitzen. Das hat aufgehört, als deutlich wurde, wie exzellent es den Klumpps ging, so sehr viel besser als den anderen Gasthäusern im Dorf, die vorher alle doch irgendwie zusammengehalten haben, bei aller Konkurrenz, aber man fraß aus derselben Hand, und da wäscht eine die andere, und kein Wirt hat was von sich hergemacht, die Klumpps erst recht nicht. Erst als Futsimo da war, ist ein Unterschied entstanden, und nicht allein durch ihre Person; die Schecks waren es, die aus Japan kamen. Die Klumpps haben das Geld nicht an die große Glocke gehängt, Theodor Klumpp hat nicht gewollt, daß darüber geredet wird, es war ihm gar nicht recht, hat sein Vater erzählt, aber dann hat er doch die Dampfsauna einbauen und die Terrasse neu fliesen lassen und so weiter. Im Dorf hat man gedacht, sie fühlten sich nun als was Besseres, und war es nicht auch so, ein bißchen. Margret Klumpp hat Heukissen aus Bad Wörishofen bestellt, die man in der Mikrowelle aufheizen konnte, für jedes Gästezimmer eines. Und sie hat sich ein fingergroßes Handy zugelegt, das sie sich an die Schürze steckte wie einen Kugelschreiber. So etwas ist aufgefallen, und ihre zufriedene Miene.

Man ist im Dorf nicht mehr oft bei den Klumpps in der Wirtsstube gesessen.

Dann kam der gewaltige Sturm. Er haute in den Wald wie eine Bombe. Innerhalb von wenigen Stunden war der Wald verheert. Die stehengebliebenen Stämme zu zählen, war ein Leichtes. Sie ragten heraus wie Marterpfähle, um weniges höher als die schiffshohen Wurzeln der gefallenen.

Das ganze Dorf ist in Aufruhr gewesen. Weihnachten, kaum um, wurde beiseite geschoben, alle trafen sich draußen, wo der Schnee begraben lag unter zigtausend Holzleichen. Jeder hat Wald verloren, auch Gottfried Klumpp, aber er am wenigsten. Merkwürdigerweise ist sein Wald am stabilsten geblieben. Die Männer haben unter ihren Augenbrauen hervorgeschaut, einer hat gesagt, Gottfried, wieviel kostet so ein Schutzengel, wie ihr ihn habt. Gottfried Klumpp hat zur Seite geschaut.

Margret, Gottfried und Theodor Klumpp haben sich schuldig gefühlt, weil sie es besser hatten. Es ist auch wieder ein Scheck aus Japan gekommen, den sie aber nicht auf der Bank zu zeigen wagten, sie haben ihn bis heute aufbewahrt. Theodor Klumpp hat auch Futsimo nichts davon gesagt. Sie sollte sich jetzt nicht auch noch als Retterin fühlen.

Futsimo hat sich über den Sturm nicht geäußert. Sie hat mit Staunen auf die kaputten Berghänge geschaut, mit einem Staunen wie ein Kind, das etwas Neues über die Welt erfährt, etwas, das endlich wieder Aufmerksamkeit verdient.

Weil es dann sehr viel Schnee gab, hat man nicht gleich mit dem Abholzen anfangen können. Den Männern im Dorf hat es unter den Nägeln gejuckt, vor Wut über den Zustand des Waldes und weil sie auch jetzt nichts machen konnten. Wintersportler hat es nur wenige gegeben, obwohl die Ski-Pisten nicht gelitten hatten, aber wer wollte an so einem Desaster entlang die Hänge hinunterflitzen. Und wer würde im Sommer hier seinen Urlaub verbringen. Sogar viele Stammgäste sagten mit Bedauern ab. Der Sturm saß allen sauer in den Knochen, und doch haben es die Klumpps am deutlichsten zu spüren gekriegt, denn man sprach kaum mit ihnen. Gottfried und Margret Klumpp waren wie im Fieber in dieser Zeit, und wenn Theodor Klumpp am Wochenende kam, saßen die drei lange allein in der Wirtsstube, Futsimo ging früh schlafen.

Im Frühjahr wurde es dann besser im Dorf, denn der Schnee schmolz, angeregt durch heftige laue Winde. Die Männer zogen mit den Motorsägen in den Wald und begannen mit der Arbeit, die schrecklich war, aber am Abend gab es doch eine gewisse Zufriedenheit über das Weggeschaffte. Es gab jetzt nur noch einen großen gemeinsamen Wald, Baumriesen hatten die Grenzen im Sturz niedergerissen, und Gottfried Klumpp hat gesagt, darüber sei er froh gewesen, denn wenn auch sein Baumbestand am besten erhalten war, so gehörte er doch zum ganzen Chaos dazu. Er arbeitete wie der Teufel, die anderen zwar auch, aber bei ihm war es doch noch etwas anderes. Er hat die Rechnung bezahlen wollen und hat doch die ganze Zeit gewußt, so hat er es erzählt, es würde nicht gelingen.

Theodor Klumpp hat seinen ganzen Urlaub in den Frühsommer gelegt, um im Wald mitarbeiten zu können. Futsimo und er haben eigentlich an den Gardasee fahren wollen, aber das war jetzt ausgeschlossen. Futsimo war darüber sehr enttäuscht, sie hat nicht verstehen wollen, wie man für einen Wald auf den Urlaub verzichten konnte, und dann hat sie zu Theodor Klumpp gesagt, sie werde dann mit ihrer Schwester in die Schweiz fahren, da seien die Berge noch intakt. Er hat nichts erwidert, da hat sie geweint.

Einige Zeit später ist ihr Cousin, der in Heidelberg Jura studiert, zu Besuch gekommen. Er hat viele Witze erzählt, über die sogar Theodor Klumpp lachen mußte, und da ist seine Blume weit aufgegangen, sie hat gleich aus Spaß ihren grünen Kimono angezogen, und so sind sie zu dritt zuerst auf die Kirmes gegangen, die trotz allem stattgefunden hat, und dann weitergezogen an den Waldrand. Es war ein schöner warmer Tag, und es lag etwas Gutes in der Luft. Theodor Klumpp hatte schon eine Woche im Wald mitgeschafft, und das hat ihn versöhnlich gestimmt, er hat Futsimo ins Ohr geflüstert, daß sie am nächsten Wochenende in die Thermalquellen nach Bad Boll fahren würden. Futsimo hat gelächelt und genickt und hat mit einem grünen Farn abwechselnd ihrem Mann und ihrem Cousin über die Nase gewischt.

Sie haben dann eine Weile auf einer Bank gesessen, von der aus man über das Tal hinüber zu einem großen bewaldeten Hang schaut, aber was heißt bewaldet, der Hang war eine Glatze, und überall die übereinandergefallenen Baumstämme. Die drei sind ganz still geworden, als sie dort saßen und hinübersahen.

»Mikado«, hat der Cousin gesagt. »Alles Mikado. Eine falsche Bewegung, und alles ist aus.« Hat er gesagt und einen weitläufigen Bogen mit der Hand über den Wald gezogen und gegrinst.

Theodor Klumpp ist versteinert vor Wut. Futsimo hat gelacht, sie ist auf der Welle mit ihrem Cousin heiter geschwommen und hat den Wald aus der Ferne betrachtet. Das hat Theodor Klumpp schier nicht ertragen, er ist aufgestanden und hat Futsimo fast grob hochgerissen, aber sie war noch so hineinverwickelt in ihr verwandtschaftliches Lachen, daß sie Theodor Klumpps Griff gar nicht gespürt hat, sie hat ihrem Cousin nur ein paar japanische Bemerkungen zugeworfen wie schillernde Vögel, und dann sind sie zurückgegangen.

Am nächsten Tag ist Theodor Klumpp im Wald von einem unerwartet sich aufbäumenden Stamm erschlagen worden. Er hatte eben mit der Motorsäge angesetzt, als sich irgendeine Spannung in den Stämmen mit einem Schlag löste, mit einem so ungeheuren Schlag, daß ein Stamm aufschnellte und ihn an der Stirn traf. Die Waldarbeit nach einem solchen Sturm ist sehr gefährlich, es sind auch viele andere dabei ums Leben gekommen. Aber Theodor Klumpp war der erste aus dem Dorf.

Man hat ihn zu Margret Klumpp ins Haus getragen, Futsimo kam herzugerannt und hat geschrien. Zum Begräbnis ist die schwarze Menge über die blühenden Wiesen zum Friedhof am Waldrand gezogen.

Die kleinen Kinder haben Glockenblumen getragen, wie es üblich ist. Futsimo hat unbeteiligt ausgesehen am Grabrand, als sie dort mit ihrer Schwester stand. Sie hätte auch einen schwarzen Schleier vor dem Gesicht tragen können, dann hätte man das nicht gesehen. Sie warf die Rosen ins Grab und sah abrupt zum Wald hinüber. Dann kam die Zeit, in der sie in Gottfried Klumpps Minigolfhütte saß.

Bis sie dann sagte, daß sie nach Japan zurückgehen würde.

# Die Mimose

Sie war immer leise. Ein zartes Geschöpf. Duckte sich in der Schule, wenn sie was nicht wußte. Das kam aber nicht oft vor. Meistens wußte sie was, meldete sich und sagte es. Wenn es richtig war, stellte sie mit Erleichterung fest, daß die Welt doch in Ordnung war. War es falsch, spürte sie ein Ächzen in ihrem inneren Gebälk. Niemals war sie sicher, ehe sie den Mund auftat, aber in der Schule mußte man die eigene Zittergrasigkeit ja überwinden.

Oh, sie war ein rechtes Mimöschen! So sagte es die Mutter. »Du bist so empfindlich! Wenn man dir zu nahe kommt, ziehst du dich gleich zusammen. So machen es die Mimosen auch.«

»Was sind denn Mimosen?« Das Wort erschien ihr ganz von ferne, fremd und leer. Gleich würde es die Mutter heranrücken, und dann würde sie wissen, wie sie selbst war. Heimlich wünschte sie, jetzt etwas Leuchtendes zu hören, aber dieser Wunsch verkroch sich in der riesenhaften Befürchtung, daß alles und vor allem sie selber leider anders war.

Tatsächlich, die Mutter beantwortete die Frage mit einem gewissen Unterton: »Mimosen sind ganz kleine

Blümchen.« Der Unterton erklärte, weshalb die Mutter sich niemals Mimosen kaufte. Tulpen dagegen, die nahmen an Stillänge zu, kaum daß sie in der Vase standen, öffneten ihre Kelche weit und weiter, bis sie nicht mehr konnten und die Blütenblätter abfielen. Die waren gierig nach Entfaltung, das sah man, die zeigten sich so richtig. Aber sie war eine Mimose. Schlimmer noch: Mimöschen! Ach.

War da in der Stimme der Mutter nicht auch ein ganz klein bißchen Zärtlichkeit zu hören, ein liebevolles Summen? Doch, so war es. Aber sie nahm den Blümchennamen beschämt wie einen Vorwurf hin.

Eines Tages kam eine neue Mitschülerin in die Klasse. Und die, das sah sie auf den ersten Blick, war nun wirklich winzig. Die zierlichsten Arme, der Hals dünn, die Beine wie Streichhölzer. Und das Gesicht: durchsichtigste Haut, gespannt auf gerade mal angedeutete Konturen. Ein Näschen. Ein Hasenmund. Große Augen. So tapfer guckte nur eine, die eigentlich ängstlich war. Große Ohrringe. Zur Verstärkung der Ohren vermutlich. Alles in allem fast kümmerlich zu nennen.

Die Mimose nahm sich sofort ihrer an. So klein und dann auch noch fremd in der Schule! Sie widmete sich ihr mit Hingabe und dabei dehnte sie sich aus.

Die Neue schien zumindest dankbar zu sein. Gleich in der ersten Pause plauderte sie los: von großen Brüdern und einem eigenen Pferd. Die Mimose hörte, daß sie alle am frühen Sonntagmorgen aufstanden und hinausritten auf die Wiesen. Daß sie lospreschten und daß die Insekten dann in alle Richtungen aufstieben und daß die Spinnweben, die voller Tau auf den Blumen ausgebreitet lagen, zerrissen. Am Schluß solcher Ausritte gab es dann immer einen bestimmten Berg und oben angekommen ein Frühstück, mitgebracht in den Satteltaschen. Allem Anschein nach mußte es fantastisch schmecken, denn während die Neue alles, was sie aßen, aufzählte, strich sie sich über den Bauch: »Frische Brötchen mit dick Butter, Honig, Eier, Früchtejoghurt, Milchkaffee, rote Salami und rote Tomaten und – herrlich!«

Plötzlich voller Ärger dachte die Mimose: Tomaten sind schließlich immer rot! und laut sagte sie: »Aber jetzt seid ihr ja umgezogen und habt hier nirgends einen Berg.«

Die Neue öffnete ihre Plastikdose und nahm ein Stück knallgelbe Paprika heraus. Sie biß hinein, daß es knackte. »Mein Bruder hat schon einen Waldweg entdeckt. Den erkunden wir am nächsten Sonntag«, sagte sie. Der Geruch der Paprika verbreitete sich im Klassenzimmer. Die Mimose roch ihn während der ganzen Unterrichtsstunde und fühlte sich wie in einem Garten mit regnerischer, grüner Luft.

Soll ich sie oder soll ich sie nicht zum Spielen einladen? fragte sie sich so lange, bis die Neue sie anstieß und ihr zuzischte: »Kommst du heute nachmittag zu uns auf den Hof?«

Die Mimose erschrak und sah sich im Nu umgeben

von großen Brüdern und Pferden, aber unmöglich konnte sie die Neue vor den Kopf stoßen, denn so klein der auch war, er schien doch größer als ihrer.

Und so fand sie sich am Nachmittag in einem großen Pferdestall wieder. Die Mutter hatte ihrem Mimöschen extra ein paar Zuckerstücke mitgegeben. Aber angesichts dieser riesengroßen Tiere in den Boxen war ihr wieder nur zum Ducken zumute. Die Neue wollte doch nicht etwa mit ihr ausreiten? Nein, sie gab ihr einen Besen in die Hand. »Wir kehren erstmal hier vorne«, sagte sie. »Du kannst die Holzschuhe haben.«

Die standen da an der geöffneten Stalltür, scheppige Dinger, aber sie paßten, und die Mimose spazierte darin durch den Stall, als hätte sie Kähne an den Füßen. Zum Kehren wählte sie einen Wiegerhythmus, daß ihr der Stallboden bald vorkam wie der Ozean, auf dessen Wogen die Kähne schaukelten – wie gut, daß sie den Besen zum Festhalten hatte! Der wirbelnde Staub versperrte ihr ja die Sicht. Irgendwo dort stand die Neue mit ihrem Besen und schaute lachend zu ihr her, und vier mächtige Pferdeköpfe ragten von oben herab. Die Mimose sah auf ihrem Wellentanz hin und wieder zu ihnen hinauf und bemerkte, daß lange Wimpern die großen Augen umgaben wie Schilfgras einen braunen stillen Teich. Jetzt fuhr sie mit dem Besen noch kräftiger hierhin und dorthin, daß die Kähne wild umspült wurden, und sie schwankte umher.

»Jetzt reiten wir aus!« rief die Neue, die in der Ferne auf einer Insel stand.

Da hielt die Mimose inne und sagte: »Nein!« Aber sie duckte sich nicht, sondern ließ den Pferdestall zurückkehren, der einen saubergefegten Boden hatte.

»Hast du etwa Angst?« fragte die Neue.

»Ja, etwa.« Die Mimose lehnte den Besen an die Wand und ging hinüber zu dem Mädchen, das nicht mehr auf der Insel war, es stand nun direkt unter einem Pferdehaupt und wirkte hier noch viel schmächtiger. Die Mimose sah, wie das Pferd leise schnaubte und mit seinem Atem in die Haare des Mädchens fuhr. Sie griff in die Tasche und holte ein Zuckerstückchen hervor. Natürlich wußte sie, wie man das machte: Man hielt die Hand sehr flach unter das Maul des Pferdes. Sie zuckte ein wenig, als das Tier bedächtig den Zucker fortnahm. Einen Augenblick lang streifte ihre Haut etwas ungeheuer Weiches und große Zähne schauten dahinter hervor. Dann war es vorbei, und das Pferd kaute hoch oben und nickte.

»Reite du nur«, sagte die Mimose, »ich komme morgen wieder. – Darf ich die Holzschuhe mitnehmen?«

Ja, sie durfte und behielt sie gleich an. Es waren aber jetzt keine Kähne mehr, die sie an den Füßen hatte, und die Welt nicht mehr ein Wellenmeer. Es waren Hufe, mit denen sie die Straße entlangtrabte.

»Auf Schusters Rappen«, dachte sie und hätte fast gewiehert.

Am nächsten Tag zog sie die Hufe in die Schule an. Sie klapperte im Galopp den langen Gang hinunter bis zum Klassenzimmer und hörte sich selbst lauter als alle anderen Kinder zusammengenommen.

»Schämst du dich nicht?« zischte ein vorbeikommender Lehrer ärgerlich.

»Nein«, sagte die Mimose und erschrak.

# Lile Polka kommt

Ich bekomme heute nachmittag Besuch. Lile Polka kommt.

Das ist so außergewöhnlich, daß ich fortwährend daran denken muß und mit einem Blick durch die Wohnung gehe, der in verstaubten Photoalben blättert, ergebnislos und sehr ratlos. Es ist nämlich so: Ich kenne Lile Polka nicht. Aber wie die Dinge liegen, kann das nicht sein, denn warum sollte ich sonst den Brief von Lile Polka bekommen haben, abgestempelt am Donnerstag in Mainz. Die Schrift holt weit aus und könnte von großen Händen stammen. Außerdem muß Lile Polka Humor haben, denn anstelle des Absenders hat sie ein Salzfaß gezeichnet.

Ich sage »sie« und bezeichne damit die Person Lile Polka, denn der Name ist nicht eindeutig weiblich oder männlich. Lile ist mit Sicherheit ein Spitzname, vielleicht von Elisabeth oder von Sibille oder von Gottlieb. Lile Polka setzt offensichtlich jene nähere Bekanntschaft mit mir voraus, in der Spitznamen zu Hause sind oder gar entstehen, eine Vertrautheit geradezu, die mir das Ganze noch rätselhafter macht und mich bei meinem sonst ausgezeichnet funktionierenden Gedächtnis tatsächlich eine Lücke vermuten läßt vom Ausmaß einer Spitznamen-Vertrautheit.

Ich beiße mir nun schon seit Freitag die Zähne an dieser Nuß aus und meine Mutter ebenfalls, die ich sofort anrief, als mir diese Lücke bewußt wurde. Ob sie denn von einer Lile Polka wisse, von einer Sandkasten-Freundschaft vielleicht. Lile Polka? Nein. Ist es eine Frau (wovon meine Mutter intuitiv überzeugt ist), könnte der Nachname natürlich durch Heirat zustandegekommen sein. Und was soll dieses Salzfaß? Es könnte einfach ein Witz sein. Der ganze Brief könnte ein Witz sein. Aber keiner in meinem Bekanntenkreis hätte dafür einen Sinn, außer Rüdiger, aber Rüdiger steckt nicht dahinter, er hat es mir versichert, es ist nicht der 1. April, wir haben Juni.

Bleibt mir nur der Name unter diesen Zeilen, die den Besuch ankündigen, ohne etwas preiszugeben (ihre Sachlichkeit ist ja fast lächerlich angesichts des Rätsels, das sie mir aufgeben!), und dieses Salzfaß, das ich als Anspielung verstehe. Diese Anspielung muß Lile Polka auf sich selbst beziehen, denn ganz eindeutig ist der Absender ersetzt durch das Salzfaß, als wäre es gleichsam ein Synonym.

Ich höre das Kichern von Lile Polka, als ihr die Idee kommt, sich mir mit diesem Salzfaß anzukündigen. Sie setzt eben an, um ihren Absender in die Ecke zu schreiben, da leuchtet ihr etwas auf, irgendein Erlebnis, das sie mit einem Salzfaß verbindet und mit mir, und sie kichert und zeichnet das Salzfaß in die Ecke mit einer

Selbstverständlichkeit, die sich bei mir eines Verstehens auf den ersten Blick sicher ist und ein entgegnetes Auflachen von meiner Seite so sehr erwartet, daß ich fast dem Eindruck unterliege, der Brief habe Ohren, die er nun, enttäuscht von meiner verständnislosen Humorlosigkeit, hängen läßt.

Die Vertrautheit, in die ich da hineingezogen bin, weicht nicht von mir, setzt mir peinlich zu. Mit jedem Herzschlag entschuldigt sich mein schlechtes Gewissen bei meinem schlechten Gedächtnis und umgekehrt, beide sind sich einig, und ich habe die Konsequenz zu ziehen. Natürlich könnte ich auch abwesend sein, ich bin niemandem verpflichtet, am wenigsten Lile Polka. Aber diese Rätselhaftigkeit, die angebliche Gedächtnislücke, das schlechte Gewissen, diese vorausgesetzte Vertrautheit – sie lähmen mich wie sie meine Neugier aufpeitschen. Ich habe beschlossen, in Form einer Ergebung in den Fall das meine zu tun und habe Blätterteig gekauft. Daraus mache ich kleine gefüllte Pasteten, süße und salzige, um nichts falsch zu machen, denn vielleicht ißt Lile Polka keinen Kuchen.

Ich werde ab halb drei Uhr hinter dem Vorhang am Fenster stehen und jeden Menschen beobachten, der auf mein Haus zukommt, obwohl ich ja weiß, daß es gleichgültig ist, wer dann endlich Lile Polka ist, denn ich werde sie so wenig wiedererkennen, wie ich ihren Namen wiedererkannt habe. Die Lücke in meinem Gedächtnis wird sich nicht beim Anblick der Person Schlag auf Schlag füllen, weder mit einem Salzfaß-

Erlebnis noch mit einer anderen Situation aus meiner Vergangenheit – da bin ich mir sicher. Ich spüre das: Ich werde einer unbekannten Person die Tür öffnen.

Aber Lile Polka ihrerseits wird mich erkennen.

Ich werde mir einen spitzbübischen Blick zulegen und doch auch eine gute Portion Zurückhaltung vor mich hinhalten, damit sie mir nicht gleich mit der Tür ins Haus fällt. Sie soll nichts merken von meiner Ratlosigkeit. Ich werde mich einnisten in dem Rätsel, das sie mir mitbringt, und ihr die Blumen aus der Hand nehmen und sie vor mir hertragen, um Lile Polka nicht zu direkt in die Augen schauen zu müssen. Um ihren Namen werde ich herumschweigen. Ich bringe ihn nicht laut über die Lippen, als müßte sich dadurch diese peinliche Sitution selbst verraten. Gleich zu Beginn wird von meiner Seite eine Gesprächspause eingelegt werden, denn mehr als die Frage, ob sie nun direkt aus Mainz gekommen sei, wage ich vorerst nicht zu äußern.

Aber natürlich mag sie reden. Wer sich mit einem Salzfaß gleichsetzt, wird nicht auf den Mund gefallen sein. Und ich kann antworten. Es wird mir sogar Spaß machen, mich auf ein paar Aussagen zu meiner Person einzulassen, denn ich habe im Grunde nichts zu verbergen, nichts weiter als diese seltsame Unkenntnis meines Gegenübers. Ich werde achtgeben, daß ich mich dabei speziell genug äußere, denn das Allgemeine wird sie in ihre Salzfaß-Spitznamen-Vertrautheit miteinbezogen haben und wissen.

Mich aber lasse ich nicht so einfach in irgendeine Vertrautheit einbeziehen. Wenn sie mir beispielsweise mit dem Salzfaß-Erlebnis aufwartet, um das Lachen auf ihrer Seite zu haben, so werde ich nur nachsichtig schmunzeln und durchaus ein wenig Verständnislosigkeit preisgeben, und zwar in dem Sinne, daß ich es doch etwas gewagt fände, sich derart mit einem Salzfaß gleichzusetzen und bei mir damit Anknüpfung zu erheischen, die ich nicht so ohne weiteres zu geben gewillt bin. Dieses werde ich nicht laut sagen, aber doch so in den Augen haben – und vielleicht bleibt sie dann nicht so lang.

Oder es wird – wider Erwarten, wie ich zugebe – eine so angenehme Zeit mit Lile Polka und den Blätterteigpasteten, daß wir uns tatsächlich verstehen über alle peinlichen Barrieren hinweg. Ich habe mir für diesen Fall etwas Besonderes einfallen lassen. Ich habe ein Salzfaß gekauft in der Form des von Lile Polka gezeichneten.

Sei es also, wir sind einander nicht gar so fremd und sie kommt auf das Salzfaß-Erlebnis zu sprechen und ich spüre Mitleid mit ihr und Beschämung ob meiner Vergeßlichkeit und will darüber hinwegtäuschen, dann stehe ich so humorvoll lachend auf, daß der Brief vor Freude nachträglich mit den Ohren wackelte, wenn er welche hätte, und sage: Jaja, Lile, du hast mich ja gleich mit deinem Absender wieder daran erinnert – und gehe zur Vitrine und hole das Salzfaß hervor und schenke es ihr.

Sei es aber, sie spricht mich nicht darauf an und wir verstehen uns und es läuft alles mehr als glimpflich ab, dann will ich ihr zum Abschied an der Tür das Salzfaß in die Hand drücken, mit einer großen, wissenden, verbindlichen Schalkhaftigkeit. In dieser Schalkhaftigkeit verbirgt sich zweierlei: Die große Erleichterung für mich, daß der Besuch von Lile Polka glücklich vonstatten ging – und eine Vertrautheit, eine Vertrautheit vielleicht im Ausmaß irgendeines Salzfaß-Erlebnisses.

# Harms

Alle drei Postboten hatten am frühen Morgen die Post wie immer sortiert, und ihre Taschen waren prallvoll, sie konnten losgehen, ein jeder in seine Straßen. Kunze biß in einen Apfel, das machte ihn frischer, es war sein Morgenritual. Pontus, der müdeste, fand seine Mütze nicht am gewohnten Haken, wollte eben losschimpfen – da sah er sie am Boden liegen. Harms öffnete die Tür des Postamtes, das Fräulein hinter dem Schalter winkte ihnen zu, alle drei dachten, das sei der Morgenaufbruchsgruß, und sie zogen ihre Mützen, Kunze mit dem Apfel im Mund. Aber das Fräulein hörte nicht auf zu winken und jetzt rief es auch noch, daß einer doch mal herkommen solle.

Pontus war das gerade recht, noch ein kleiner Plausch. »Geht schon los«, sagte er zu Kunze und Harms, »bis später, hier bin ich gefragt«.

»Soso, du wieder«, sagte Kunze.

Harms war's egal, er ging los, hatte viel Post, und wie er beim Sortieren gesehen hatte, war wichtige dabei.

Sie traten auf den sonnigen Platz vor dem Postamt, es standen Kübel mit Klatschmohn da, vor denen sie sich wie gewohnt trennten, Harms ging links, Kunze rechts die Straße hinunter. Es war still, gegen halb neun und die Kinder schon in der Schule. Hier war der Tag, mit seinen Briefkästen und halbzahmen Hunden, Baumstraße für Kunze, Karlsweg für Harms und dergleichen mehr.

»Halt!« rief es da vom Postamt her, wo Pontus stand und seine Mütze schwenkte. »Es wird gestreikt!«

Ja, so rief er den Poststreik aus und warf dabei seine Mütze hoch in die Luft.

Harms und Kunze eilten zum Postamt zurück, so schnell es ging mit den klobigen Taschen um die Schultern. Pontus rief ihnen die Geschichte lauthals entgegen: »Die Post streikt. Überall im Land ist das so. Und warum nicht auch hier? Wir sind gefragt, damit der Streik klappt, das ist klar. Verstanden? So einfach ist das.«

»Wer sagt das?« fragte Kunze.

»Unser Fräulein von und zu Schalter. Es hat telefoniert, und da wurde es dazu aufgefordert, für den rechtmäßigen Streik zu sorgen.«

Kunze stellte seine Tasche neben den Klatschmohn-Kübel. Streik – das bedeutete doch: Sie konnten angeln gehen, ohne Urlaub zu haben, und kriegten am Ende noch etwas dafür! Kunze lachte, Pontus schüttelte den Kopf fröhlich, er fand das alles einwandfrei. Und Harms? Dem hing seine Tasche noch um die Schulter, er konnte vorerst nichts dazu sagen, denn wenn er an die Post dachte, die nun liegenbleiben würde: »Nachher haben wir doppelt, ach, dreifach zu tun.«

Aber die beiden anderen fanden, daß diese Gedanken jetzt nicht an der Reihe seien, und gingen ins Postamt hinein, wo sie ihre Taschen verstauten und ihre Mützen an die Haken hängten.

Das Fräulein saß mit der Kaffeetasse da und rauchte eine Zigarette. »Daß ihr mir ja vernünftig streikt!« sagte sie mit dem Zeigefinger.

»Angelnderweise!« antwortete Pontus.

Harms hörte es von draußen durch die angelehnte Tür. Er saß da auf der Treppe und hörte, wie das Fräulein jetzt bei Kunze und Pontus einen Fisch bestellte und wie dann das Telefon klingelte und das Fräulein den Hörer abnahm und irgendjemandem darüber Auskunft gab, daß – ja, die Post streike, daß – ja, der Streik in vollem Gange sei, daß – nein, sie da nichts machen könne.

Harms war es bereits über, er hatte keinen Sinn dafür wie auch nicht für Angeln. Er liebte seinen Feierabend, seinen Sonntag und Urlaub, aber was war ein Streik? Nichts für ihn, für ihn: nichts! So ließ er seine Kollegen an sich vorüber zum Angeln gehen, fingerte eine Weile am Schulterband der Tasche, die aufgequollen neben ihm hockte wie ein kränkliches Ledertier, manche Nahtstelle war geplatzt, das sah er schon lang. Aber jeden Tag hielt sie noch alle Briefe, er trug sie zum Karlsweg und so weiter.

Das Fräulein drin telefonierte schon wieder. Ein

Lüftchen regte sich im Klatschmohn, und eine Hummel kam. Ihr Pelz steht ja in keinem Verhältnis zur Sonne, in keinem, dachte Harms. Dabei fiel ihm – irgendwie – Eis ein, und er stand auf und ging los, hinüber zur Eisdiele, wo gerade Tische und Stühle hinausgestellt wurden, und kaufte sich ein Eis, streikergeben, und ging dann weiter. Es war die dem Karlsweg entgegengesetzte Richtung. Manch einer begegnete ihm mit scharfem Blick: ein müßiger Postbote? Einer mit Eis?

Harms merkte jetzt, daß er die Tasche noch über der Schulter hatte, völlig umsonst! Bin ich denn eine Aufziehpuppe? dachte er wütend und schlug den Weg zum Fluß ein. Dort setzte er sich unter einen Busch ins Gras und nahm die Mütze ab, unter der er schwitzte. Die Tasche war schwer, wenn man sie nicht allmählich leeren konnte. Er zog Schuh und Strümpfe aus. Jetzt wollte er doch richtig streiken. Also: Hosenbeine hochgekrempelt und Füße ins Wasser gehängt. Die Eiswaffel, die ihm nicht schmeckte, warf er krümelweise ins Wasser. Für die Fische, die flußabwärts von Pontus und Kunze geangelt wurden.

Jetzt mäste ich sozusagen dem Fräulein von und zu Schalter einen Fisch, dachte er.

Und neben ihm stand die Tasche. Die dicke Pflicht. Er starrte sie an, die gute alte.

Der ganze Karlsweg steckte drin!

Alle Urlaubsgrüße!

Das Wasser war angenehm kalt an den Füßen. Er

legte sich zurück, zog dabei die Tasche unter den Nacken, ein Ruhekissen sondergleichen, und schlief bald ein.

Irgendwann erwachte er mit beinahe tauben Füßen, die er aus dem Wasser zog und massierte. Die Fußsohlen waren ganz aufgeweicht. Er fühlte sich aber frisch und unternehmungslustig.

Da tauchte auf einmal sein uralter Wunsch auf, der immer streng gehütete, nämlich ein Mal einen Brief zu öffnen und nein gar nicht ganz zu lesen sondern nur einen kleinen raschen heimlichen Blick hineinzuwerfen und danach alles zu vergessen und auch sich selbst zu vergeben. Den Wunsch wie sonst zu verbannen, gelang ihm nicht, denn er sah, daß die Tasche, so wie sie da im Gras lag, wartete, und die große Schnalle starrte ihn an, und die Briefe warteten, jeder einzelne wartete, bis allmählich ein Lauern daraus wurde, und Harms schaute weg auf den Fluß und das Ufergras, aber es half alles nichts. Denn die Grashalme zitterten im Wind wie er selber, und es gab jetzt nur noch seine Hand, die in die Tasche griff, drei Briefe herausnahm und ins Gras legte zwischen die Dotterblumen, die gelben Augen überall, die jetzt zuschauten, wie Harms einen Brief auswählte, in Hast ihn aufriß, den Brief herausriß und mit Diebesaugen irgendeine Zeile sich stahl.

Und gleich war alles vorbei, er saß da. Die Dotterblumen waren erloschen, die Tasche: stumm und plump. Aber die Briefe, die eben noch so auf ihn gewartet hatten? Er hatte sie verraten und verkauft. Sie waren gegen ihn! Schrien sie vor Enttäuschung?

Und der aufgerissene Brief in seiner Hand entsetzte Harms. Was war denn geschehen? Heute war Poststreik, und er hatte einen Fehler gemacht, einen Fehler.

Aber die Briefe schrien, und die Tasche, aus ihrer Lethargie gerüttelt, schrie mit.

Harms konnte das nicht mehr hören, er packte die Tasche in großer Angst und warf alle Briefe in den Fluß und den aufgerissenen Brief zerknüllt hinterher.

Die Briefe bildeten eine große Insel, an den Rändern gezackt und auseinandertreibend. Der Fluß trug sie langsam fort. Harms war sie los. Er stand am Ufer und wußte gut, was er getan hatte. Es war ihm ganz klar und er sprach es laut aus: »Ich habe die Post in den Fluß geworfen.«

Dann fiel ihm ein, daß diese Insel der anklagenden Briefe demnächst den Angelplatz seiner Kollegen erreicht haben würde. »Da habe ich mich verraten und die Fische vertrieben«, sagte er.

Er mußte jetzt fort.

Zum Postamt nicht, dachte er und ging zögernd.

Die Tasche schleifte er zuerst durchs Gras hinter sich her, nahm sie dann aber auf. Da hing sie ihm über der Schulter, schlaff wie feierabends, wenn er glücklich war. Harms ging die Straße hinunter, die parallel zum Fluß in die Gärten vor der Stadt führte.

Er sah lange nicht die beiden Angler auf sich zukommen.

Kunze hielt ihm den Fisch ins Gesicht und sagte: »Harms! Für das Fräulein!«

Und Pontus sprach vom Feuerchen und von gegrilltem Fisch im Postamtsgarten.

Da spürte Harms seinen großen Hunger und ging mit.

Die anderen beachteten die leere Tasche nicht. Es war beinahe wie feierabends, wenn er glücklich war.

# Mrs. Belvans geregeltes Leben

Mrs. Belvan hatte immer alle Hände voll zu tun. Gleich morgens nach dem Aufstehen machte sie den Herd an und setzte Milch aufs Feuer, um dann die Treppe hinunterzusteigen und dort drüben beim Bäcker ein bißchen frisches Brot zu kaufen. Warm, teigig und neu lagen die Scheiben zum Frühstück auf dem blauen Teller und boten mit der grünen Tasse voll Milch einen appetitlichen Anblick, den Mrs. Belvan verzehrend genoß. Das war aber auch ihre einzige Ruhepause an jedem Tag ihres mühsamen Lebens. Denn gleich danach öffnete sie die Türen zu dem kleinen Balkon, streute die Brosamen im Tischtuch auf den Steinfußboden und goß den wilden Wein im Topf auf dem Geländer. Dann setzte sie sich in die Sonne und strickte, was das Zeug hielt, an ihrer neusten Lebensaufgabe: einem buntgestreiften Bademantel aus Perlgarn. Ab und zu hielt sie das Strickzeug in die Höhe und verglich das neugeschaffte Stück mit dem von gestern. Rote Wollfäden zeigten die jeweiligen Tageswerke an, auf die Mrs. Belvan so stolz war.

»Mrs. Belvan! Schönen guten Morgen!« Das war Mr. Pitch, der alte Postbote, der um diese Zeit auf seinen Balkon nebenan trat und das Wetter begutachtete, denn er sah es an den Wolken, ob er heute seine Postbotenmütze mit dem langen Schild oder nur die mit dem kurzen aufsetzen mußte.

Mrs. Belvan nickte gütig hinüber und strickte emsig weiter an ihrer Lebensaufgabe, damit der Nachbar auch sah, wie wichtig alles an ihr war und daß sie nicht nur so in der Sonne saß.

»Na, Mrs. Belvan, wie weit wollen Sie heute kommen? Etwa gar bis zu einer neuen Farbe?«

Nun blickte Mrs. Belvan kurz hoch über das Geländer und sagte streng: »Mr. Pitch, heute werde ich mit dem Weinrot fertig, dann einige Reihen Gelb und (und sie betonte das ›und‹, wobei sie eine Stricknadel zur Bekräftigung in die Höhe streckte) dann noch Lila stricken. Und nun denken Sie an Ihre Arbeit, Mr. Pitch.«

So strickte Mrs. Belvan, bis es Zeit zum lunch war. Rohkost mittags oder Sirupkekse, dazu Kaffee, das ging schnell und sparte Zeit; abends kochte sie warm. Daß sie so etwas wie Mittagspause nicht kannte, war klar wie das Wasser im Shalton-Bach, denn wie sollte eine so energische Frau wie Mrs. Belvan mit ihrem Tagespensum fertig werden, wenn sie sich eine Mittagspause gönnte und wenn dieses Tagespensum aus Haus- bzw. Wohnungsputz, Einkaufen, Kaffeeklatsch bei Minnie oder Thelma oder gar bei beiden nacheinander (miteinander ging nicht, weil Thelma Minnie nicht ausstehen konnte und Minnie allergisch gegen

Thelmas Pekinesen war), aus Schuheputzen, Telefonieren mit den Kindern und mit Billy und Linnie und den Peterson-Schwestern bestand, und das war bei Leibe noch nicht zuviel des Guten! Von fünf bis sechs wurde Radio gehört und es gab dazu ein wenig cake und Lebensaufgabe mindestens drei Reihen. Dann zog sich Mrs. Belvan die getupfte Schürze an, zupfte die Volants zurecht und band ein Kopftuch um. Kochen, das dauerte recht lang für ihre Begriffe, was daher kam, daß die Gute so nervöse Hände hatte und sich entweder in den Finger schnitt, was die Folge eines nur einfachen Pflasters hatte, damit die Lebensaufgabe nicht benachteiligt wurde, oder sie ließ die Kartoffeln anbrennen oder vergaß irgendwas und mußte nochmal schnell zum grocer laufen. Ach, das macht doch nichts, versicherte sie sich und sah sich kurz im Spiegel an, sowas erhält die Frische, und sie zwinkerte sich freundlich zu.

Sie ließ sich nicht viel Zeit zum Essen, denn abends war noch lange nicht aller Tage Abend. Nun hieß es Wäsche in den Keller tragen und aufhängen, damit die Sonntagsbluse übermorgen zum Plätten trocken war.

Unten im Keller gab es dann ein kleines Pläuschchen mit Mrs. Calidor, die sich wegen ihres Rheumas nicht genug beklagen konnte, und Mrs. Belvan nutzte die müßige Gelegenheit, um geschäftig-neugierig aus dem Gitterfenster, das genau auf die Straße zeigte, zu sehen und das abendliche Stadtleben zu begutachten. Während sie der lieben Nachbarin in allem beistimmte und dabei auch noch das erhabene Gefühl verbuchen konnte, ihr durch ihre gute Zuhörerschaft ein wenig von der Last der Rheuma-Sorgen zu nehmen, überlegte sie sich im stillen, wie es doch einige Bürger dieser Stadt fertigbringen konnten, mit solchen abgelaufenen Hacken und ungeputzten Schuhen herumzulaufen, und sie schüttelte den Kopf über die Art von Leuten, die um diese Zeit noch die Schaufenster anguckten, obwohl sie doch genau wußten, daß sie das Gewünschte heute nicht mehr kaufen konnten, da die Geschäfte längst geschlossen waren.

Dann, wenn Mrs. Calidor endlich bereit war, den Keller zu verlassen und ihr Rheuma in die Wohnung zurückzutragen, stieg Mrs. Belvan die Treppen hoch und schloß die Tür gut zu, um sich an den Sekretär zu setzen, der allein zu diesem Zwecke, von dem gleich berichtet wird, in der lichten Stubenecke neben dem Radio stand.

Der Zweck war äußerst sinnvoll: Mrs. Belvan pflegte nämlich stets zu dieser Abendstunde ihre Tagesarbeit ordentlich und systematisch mit Punkten, Unterpunkten und Zeitdauer in ein dickes Heft zu übertragen, um sich selbst ein wenig Aufschluß über ihre Tätigkeit als Mrs. Belvan zu geben. Ein Tag folgte hier auf weißem Papier dem anderen papiernen Tag, und das Heft zeigte in sich kaum Außergewöhnlichkeiten oder gar Unregelmäßiges im Tageslauf. Mrs. Belvan war es zufrieden und so auch mit sich, denn wie sehr zeugte doch dieses Tagebuch von einem geregelten Leben, welches sie so energisch führte, daß zusätzlich zu ihrem Tagespensum am Lebenswerk sie auch noch all die anderen Arbeiten in der Wohnung täglich absolvieren konnte und es nebenbei sogar fertigbrachte, die Bekanntschaften zu ihren Kindern und Nachbarn aufrechtzuerhalten. Und sie scheute es dabei nicht einmal, ein wenig Rheumasorgen auf sich zu nehmen oder die Telefonrechnung zu tragen.

Mrs. Belvan nickte versonnen und dachte wie jeden Abend: Wenn die Leute mit den abgelaufenen Hacken doch nur einmal ein wenig Bademantel stricken, ach ja, oder Sirupkeks zu Mittag essen würden, dann … Aber es kann ja nicht jeder eine Mrs. Belvan sein.

Und darin, dachte sie, als sie zu Bett ging, besteht eben meine Außergewöhnlichkeit.

# Herr Lüthi geht um den See

Am Abend vor seiner Abreise hätte Herr Lüthi *beinahe* sich ein Bein verstaucht. Beinahe. Bei jedem anderen Menschen würde dies nichts weiter bedeuten, als daß das Bein unversehrt geblieben und von dem Nicht-Geschehenen nichts zu erzählen ist; so wie das, was nicht geschieht, immer viel verschwiegener ist als das, was plappernd großäugig Aufsehen erregt. Aber bei Herrn Lüthi war das etwas anderes von so entscheidendem Ausmaß, daß davon erzählt werden muß.

Daß er am Abend vor seiner Abreise beinahe sich ein Bein verstaucht hätte, hatte nämlich nicht nur die Folge des unversehrt gebliebenen Beines, sondern auch die seiner Abreise. Natürlich – wen wundert's: Will einer eine Reise tun und verstaucht sich am Abend vorher nicht ein Bein, so kann es ungehindert losgehen. Will aber Herr Lüthi eine Reise tun und verstaucht sich am Abend vorher beinahe ein Bein, so kann es erst jetzt mit der Reise etwas werden, erst jetzt, indem das beinahe verstauchte Bein gewissermaßen den Auftakt bietet.

Herr Lüthi ist ein Mann mit einem Schnauzbart gleich dem eines Walrosses, er hat eine kleine Brille mit runden Gläsern an einer Kette, die auch vonnöten ist, da er oft ruckartig den Kopf herum- und dabei die Brille von der Nase reißt, so daß sie ihm schon oft in Scherben gegangen wäre, hätte sie nicht diese Kette. Die Brille sitzt bei geordneteren Bewegungen sonst still auf der Nase, einer großen, nüsternkräftigen Nase, die ihm für zweierlei zur Verfügung steht: erstens, Herr Lüthi näselt. Er bugsiert seine Worte beim Sprechen nicht nur aus dem Mund, sondern auch durch die Nase. Zweitens, ein Schnupfen sucht Herrn Lüthi des öfteren heim, d.h. seine Nase näselt oder sie schnupft.

Gerade in der Woche vor seiner Abreise und also bevor er beinahe sich ein Bein verstaucht hätte, schlich sich wieder ein Schnupfen in seine Nase und machte sie tropfen, groß und geschwollen. Man bekam nicht recht aus ihm heraus, wie er sich den Schnupfen zugezogen hatte, denn da er nicht näseln konnte, redete er wenig, strich sich nur in sorgenvollen Gedanken an seine bevorstehende Reise über den walroßartigen Schnauzbart und machte betrübte Augen durch seine Brillengläser hindurch, wenn diese gerade festsaßen.

Sorgen flogen Herrn Lüthi nur so zu. Deshalb war er ein vorsichtiger Mann. Bei allen Entscheidungen prüfte er bedächtig jegliches Für und jegliches Wider, wägte ab und ließ dann gern sein, was nicht sicher soundso ausgehen würde. Bei wichtigen Entscheidungen pflegte er mit seinem Vetter lange Gänge um den See herum zu machen, um dessen Meinung zu hören.

Als er nun den Schnupfen hatte und seine Reise dadurch sofort gefährdet sah, dachte er natürlich auch an ein paar Gänge mit seinem Vetter, aber wie sollte er sich besprechen können, wenn doch die Nase schnupfte und das Näseln versagte?

Die ganze Woche überlegte er allein und dachte Für und dachte Wider, aber die Entscheidung wollte ihm nicht gelingen.

Am Abend vor der Abreise beschloß er, einmal um den See zu gehen. Vielleicht erhoffte er sich von dem Ort so vieler Entscheidungen eine vertraute Atmosphäre, die ihm zur Lösung verhelfen würde.

Es dämmerte, und Herr Lüthi ging schnell.

Und dann geschah es, daß Herr Lüthi beinahe sich ein Bein verstaucht hätte: Ein Vogel flog überraschend schnatternd neben ihm aus dem Gebüsch, Herr Lüthi erschrak, riß ruckartig den Kopf herum und die Brille von der Nase, so daß die Kette wieder ihrem Nutzen nachkam, und weil er für diesen Augenblick in der Dämmerung gar nichts sehen konnte, übersah er den Steinbrocken auf dem Weg, knickte ab – und hätte beinahe sich ein Bein verstaucht, wenn er sich nicht eben noch gefangen hätte!

Tief atmend blieb er stehen und setzte sich die Brille wieder auf die schnupfende Nase.

Als er dann weiterging, dachte er an die bevorstehende Abreise morgen und sah, daß er nun beinahe die Reise nicht hätte antreten können.

Beinahe.

So war das also bei Herrn Lüthi etwas ganz anderes als bei jedem anderen Menschen, dessen Bein einfach nur unversehrt geblieben wäre –, etwas so entscheidend anderes, daß davon erzählt werden mußte.

# Lea Schawinelle

Lea Schawinelle war eine schlichte Frau, jung und hübsch. Sie war Seifensiederin, und das zu einer Zeit, da es in Basdimirsk nur eine einzige gab: höchstpersönlich Lea Schawinelle selbst. Zugegeben: ihre Seifensiederei bestand nur aus einem winzigen Laden, Ecke Bäckergasse, Brenzstraße, neben dem großen Hutladen leicht zu übersehen, objektiv betrachtet kaum der Rede wert, aber wer möchte denn eine Seifensiederei objektiv betrachten? Da wird sich kaum einer finden. Man hatte in Basdimirsk genug damit zu tun, den täglichen Angelegenheiten nachzugehen, sein wichtiges Gesicht zu machen und sich hin und wieder – zwecks sauberer Geschäfte – die Hände zu waschen, in Unschuld und mit Seife. So war die Seifensiederei von einiger Bedeutung, und Lea Schawinelle, der Rede sehr für wert zu achten, kam ihr fleißigst nach.

Zumeist war sie den ganzen Nachmittag in der feucht-dunklen, nur von einer matten Glühbirne erhellten Seifenküche beschäftigt, rührte mit großen Löffeln in großen, gußeisernen Töpfen auf dem Herd, in denen die Seife blasig-glucksend kochte. Sie mischte

Düfte unter, Kirschblüte, Lavendel oder Nelken oder Bienenwachs, je nach Jahreszeit, schnupperte und schmeckte ab, so gut es mit der Nase ging, und goß am Ende die ganze weißlich-trübe Angelegenheit in lange Kuchenformen und Bleche, wo sie in den Regalen an der Wand die Nacht über abzukühlen und zu erstarren hatte.

Manchmal, wenn ihr der Geruch und die Hitze gar zu sehr ins Gemüt fuhren, ging sie zum Laden durch und wischte den Tisch ab, reinigte das Seifenmesser, zählte das Geld in der Blechbüchse, das sie beim Verkauf am Vormittag erworben hatte, oder sammelte die übriggebliebenen Seifenreste zusammen. Denn dies gehörte zu dem guten Ruf der Seifensiederei: Jeden Tag gab es neue Seife, das verkündete das Schild, welches Lea Schawinelle am Morgen in das blitzsaubere Schaufensterchen hängte, in dem auch stets ein großer Blumenstrauß auf Duft und Frische der Seife hinwies.

Die Seife hielt, was der Strauß versprach, und wurde gekauft. Lea Schawinelle konnte zufrieden sein. Aber wie es im Leben und auch in dem einer Seifensiederin zu sein pflegt: Lea Schawinelle, mit ihrem kurzen Zopf, ihren blanken Wangen und perlmuttlackierten Fingernägeln, frisch und duftend wie ihre Seife, sah mit zunehmender Betrübnis, daß die Basdimirsker bei aller zu lobenden Sauberkeit doch einen zu kümmerlichen Sinn für Geruch hatten und von Duft so gut wie gar nichts verstanden. Sie steckten ihre Nasen so tief in ihre Angelegenheiten und, bevorzugt, in die von anderen Leuten, sie mißachteten sämtliche Gerüche, in denen das Leben schwelgte, und die Düfte, mit denen Lea Schawinelle ihre Seifen versah, wurden schlichtweg überrochen. Die Basdimirsker kamen in den Laden, legten das Geld auf den Tisch und verlangten ein Stück Seife, als ob es hier noch etwas anderes zu kaufen gäbe. Lea Schawinelle fragte jedesmal höflich und gespannt, was für ein Duft denn der gewünschte sei, und zählte vorsorglich die angebotenen Seifensorten auf. Doch damit erreichte sie bei ihren Kunden zumeist nur eine leicht gereizte Miene, die sie darüber aufklären sollte, daß es für einen Basdimirsker wichtigere Dinge gab im Leben als Gerüche, Düfte, Seifen ... und man zufrieden sei mit dem, was da sei, sofern es hielt, was der Strauß versprach.

Als Lea Schawinelle eines Tages wieder einmal auf den Markt ging, um Düfte einzukaufen – und zwar Lavendel und Ringelblumen –, dachte sie zornig, daß sie ja genau so gut auch Asche und Mehl kaufen könnte. Da traf sie ihre Freundin Magda, die sich gekonnt zu umduften wußte und stets erfreulich klare Seifenwünsche hatte. Sie war dazuhin die Gattin des Hutladenbesitzers und wußte ein Lied zu singen vom Leid der Geschäftsleute, ein süßsaures Lied voller Unverständnis über die Untauglichkeit der Basdimirsker, die anscheinend auch nicht den geringsten Hutsinn hatten.

»Lea, ich sage dir: Alle 100 Jahre einen Chapeau,

und der wird getragen bis die Hutkrempe abfällt, das sind die Basdimirsker«, sagte sie, als Lea Schawinelle ihrem Mehl-Asche-Zorn Luft gemacht hatte.

»Und was tut man dagegen?« fragte Lea Schawinelle.

»Man wird origineller und origineller und kreiert immer raffiniertere Hüte, liebe Lea. Man lockt die Basdimirsker mit Chic à la Paris.«

»Und hat man Erfolg?«

»Nein. Den Basdimirskern fehlt der Kopf.«

»Und die Nase, Magda, vor allem die.«

Sie verabschiedeten sich und waren sich einig darin, was sie von den Basdimirskern zu halten hatten.

Lea Schawinelle zog daraus die Konsequenzen. Sie kaufte weder Lavendel noch Ringelblumen, weder Asche noch Mehl, sondern ging nach Hause in die Seifenküche und kochte Seife. Sie tat es wie immer, nur voller Raffinesse, was sich darin äußerte, daß sie nicht einen einzigen Duft untermischte. Das Ergebnis war Seife. Nicht-duftende, entpersönlichte, traurige Seife, so langweilig, daß – wie Lea Schawinelle sich ausmalte – die Hände gähnen würden, wenn sie sich damit waschen sollten.

Über Nacht kühlte diese Seife ab, so tot sie war, und Lea Schawinelle hängte das Schild ins Schaufensterchen, zupfte den Strauß zurecht, schnitt Seifenstücke ab und wartete auf die ersten Basdimirsker.

Die kamen wie immer ohne Nase und, wie Lea Schawinelle feststellte, mit einem Hut, der mindestens

100 Jahre alt aussah und seine Hutkrempe schier verlor. Sie kauften, und Lea Schawinelle verkaufte das, was da Seife, Seife und nichts als Seife war, wie immer, nur voller Raffinesse, was sich darin äußerte, daß Lea Schawinelle sich dabei sehr amüsierte.

Ein paar Tage ging es so weiter. Dann folgten die ersten Reklamationen. Man beschrieb ein »Gefühl, als sei die Seife anders als früher – doch – sicher – fühlten sich nicht auch die Hände ganz anders an?«

Dann fiel das Wort Geruch, der »fehlte, ganz eindeutig, riechen Sie selbst«, und – ach – endlich –: »Frau Schawinelle, der Seife fehlt der Duft!« Entsetzte Kundenblicke, einmütiges Nicken uralter Hüte.

»Ja, welchen Duft hätten Sie denn gern?«

»Na, es wäre ja schön, wenn die Seife auch nach dem riecht, was sie ist: nach Seife eben.«

»Das tut sie. Diese Seife riecht nur nach sich selbst.«

»Ach ... – Na dann, sagen wir: Lavendel?«

# Miss Charbing

Miss Charbing hatte heute Geburtstag, und jeder ging zu gratulieren. Da saß sie auf ihrem Korbstuhl in der Lounge am großen Fenster, ein wenig schräg hingelümmelt, mit vielen bunten Glasperlenketten um den Hals und einer Bluse, deren Rüschigkeit den Tag feierte. Neben ihr saß Mrs. Pottle, die auf das P ihres Namens ängstlichen Wert legte und für die Wahrheit einzustehen pflegte. Sie trug ihre altmodische Brille und hatte ein Strickzeug auf dem Schoß.

Miss Charbing strahlte Mrs. Daxter, die eben eintrat, mit ausgestreckten Armen entgegen: »Liebe, ich kann Sie nicht aufstehenderweise begrüßen, der Pudding verschlägt mir schier die Sprache, die arme Mrs. Pottle strickt vor lauter Langeweile schon in meiner Gegenwart, denn ich habe gar nichts zu erzählen, wie gut, daß Sie da sind.«

»Oh, das ist gar nicht wahr!« empörte sich Mrs. Pottle, und zu Mrs. Daxter gewandt: »Das Stricken macht das Gespräch effektiver.« Und sie neigte sich wieder tiefer über ihr Strickzeug, ein wenig beschämt, denn auch wenn sie für die Wahrheit einstand, empörte sie sich nicht gern, weil sie darin soviel Eigenliebe vermutete.

Mrs. Daxter stellte ihre Konfektschachtel auf den Tisch, auf dem das Geschenkpapier sich knüllte und Bänder herumlagen, so daß man auf eine ganze Schar von Gästen schließen konnte, die schon dagewesen sein mußte. Interessanterweise nämlich lud Miss Charbing ihre Gäste paarweise nacheinander ein. Die Gründe zu den jeweiligen Konstellationen blieben ein Geheimnis, über das man sich den Kopf zerbrechen konnte, dessen Wirksamkeit aber keine Schlußfolgerungen ermöglichte, denn es gab, wie man durch Austausch mit den anderen Gästepaaren herausgefunden hatte, keine spezielle Wirkung der speziellen Paare, weder auf die Geburtstagsfeierlichkeit noch auf Miss Charbing noch auf das Paar selbst. Übrigens machte es nicht das geringste aus, wenn z.B. Miss Furle und Miss Limfred zusammen eingeladen waren, die sich in ihrem Privatleben mit jeder Heuschrecke lieber trafen als miteinander. Es war auch gleichgültig, wenn Mrs. Daxter, wie im letzten Jahr, sich mit Tony Batchboy an den Tisch von Miss Charbing setzen mußte, obwohl Tony Batchboy und Mrs. Daxter sich seit ihrer Kindheit rivalisch voneinander distanzierten. Gleich nach der Geburtstagsfeier hatten sie ja wieder genug Möglichkeit, sich aus dem Weg zu gehen; hier bei Miss Charbing saß man jedenfalls aus anderen Gründen.

Miss Charbing wandte sich Mrs. Daxters Geschenk

zu. »Konfekt!« rief sie mit schmeckender Stimme. »Ich bedanke mich und werde sofort probieren.« Sie öffnete hastig die Schachtel und schob sich wahllos ein Stück in den Mund. »Ach – Konfekt!« Sie knallte die Worte wie Küsse in den Raum und bot ihren Gästen an. Dann gab es Eierlikör, und man ließ die kleinen Gläschen klingend aneinander streichen, daß es klang wie die Glasketten um Miss Charbings Hals, und Mrs. Pottle nippte rotwerdend, denn sie war sich bewußt, daß Eierlikör nicht sehr zur Wahrheit gehörte. Aber sie schien doch gleich zu spüren, daß die Sache mit der Wahrheit im Rahmen dieses Geburtstages ein wenig anders beschaffen war, denn sie nippte gleich noch einmal.

»Nur zu, Mrs. Pottle, dieser Eierlikör ist von meinem Bruder!« Miss Charbing lehnte sich zurück. Der Korbstuhl knarrte.

»Von Paul oder von Richard?« fragte Mrs. Daxter und verriet einigen Einblick in Miss Charbings Familie.

»Sagen Sie nicht Richard, Liebe. Richard ist und bleibt Dicky, daran ändert auch der Eierlikör nichts, der von ihm ist und einen großen Schritt für ihn bedeutet. Wissen Sie«, sagte Miss Charbing und machte eine Pause voll Bedeutung, »Dicky hatte die Angewohnheit, immer das zu verschenken, was er selber gern gehabt hätte. Ist das nicht lobenswert? Dicky ist sehr sehr lobenswert. Wünschte er sich als kleiner Junge eine Mundharmonika, schenkte er mir eine zu

Weihnachten. Einmal brachte er unserem Vater einen Hamster mit, weil er den selber so gern haben wollte. Aber denken Sie nicht, daß er sich dann letztlich selber damit ergötzte: nein! Diese Geschenke waren von Anfang bis Ende die reinste Selbstlosigkeit.«

»Das ist wirklich sehr lobenswert«, bemerkte Mrs. Pottle. Mrs. Daxter wollte gerade beistimmen, da klopfte Miss Charbing mit ihren Handknöcheln mehrere Male auf den Tisch und rief: »Aber nun kommt's! Dicky schenkte mir, als ich gerade 14 wurde, eine Tabakspfeife, und ich konnte mich nicht darüber freuen. Nicht über die Pfeife und auch nicht über diese Selbstlosigkeit, nein! Vor lauter Wut pflanzte ich Petersilie in den Pfeifenkopf und hängte die Pfeife in die Küche ans Fensterkreuz. Dicky war daraufhin sehr erstaunt und verstand im Nu, daß ein 14jähriges Mädchen mit einer Pfeife nichts anfangen kann. Danach folgten lange Jahre Buchgeschenke, neutrale: Allgemeinwissen und Nachschlagewerke. Und heute dieser Eierlikör. Und ich weiß: Er haßt Eierlikör. Aber er weiß: Ich mag ihn.«

»Wen?« fragte Mrs. Pottle gerührt. Miss Charbing lächelte und antwortete nicht.

»Ja«, sagte sie dann und wiegte den Kopf hin und her, »Dicky hat da wahrlich einen Schritt getan, da rauscht mein Schwesternstolz. Was sagen Sie dazu, die Sie hier so still sitzen?« Sie wandte sich an Mrs. Daxter, und die mußte haargenau ehrlich ihre Ansicht preisgeben, daß die Selbstlosigkeit also auch so ein zweischneidiges Schwert sei wie so viele Tugenden. Zumindest dachte sie, daß es darum ginge, und sie war glücklich, daß ihr dieses zusammenfassende Resultat samt neuer Problemanregung eingefallen war.

Doch Miss Charbing schwieg ratlos. »Aber zu Dicky, was sagen Sie zu Dicky?« bohrte sie nach einer Weile.

»Oh!« Vor Mrs. Daxters innerem Auge tauchte ein blasser Junge auf, der einen Schritt tat, im Hintergrund schaukelte eine Pfeife am Fensterkreuz, Petersilie im Kopf. »Ja ..., Dicky ist schon ein ... guter Junge«, sagte sie endlich.

Miss Charbing runzelte die Stirn. »Aber Liebe!« sagte sie streng. »Sie verkennen die Situation schon wieder. Dicky ist weder Richard noch selbstlos noch ein guter Junge. Nicht mehr. Er hat doch diesen Schritt getan!« Sie seufzte.

Da schaltete Mrs. Pottle sich wieder ein. »Ihr Bruder scheint Ihnen ja sehr wichtig zu sein.«

»Das hoffe ich doch, daß das so ist bei mir«, erwiderte Miss Charbing trocken, aber versöhnter, denn nun war ihr Bruder wenigstens noch nicht unter den Tisch gefallen.

Mrs. Daxter überlegte angestrengt, warum sie unbedingt über ihren Bruder reden wollte. Um ihre Fehler wieder gutzumachen, versuchte sie es mit dem Bruder ihrer Freundin, da sie selber keinen hatte. Sie sagte, daß dieser auch einen Schritt getan habe: Er sei nach Venezuela ausgewandert.

»Ach?« bemerkte Miss Charbing. Ihre Augen schienen aber entschieden nicht mit nach Venezuela auszuwandern. Sie schaute so, wie man schaut, wenn man »ach« sagt und nur »ach« meint und nichts weiter.

»Ja«, sagte Mrs. Daxter kleinlaut, »aber was er dort macht, weiß der Himmel«, und verfing sich in ihrem Kuchenstück.

»Vielleicht pflanzt er Kakao an.« Miss Charbing war auf eine Idee gekommen, die sie auszubauen gedachte. Sie blinzelte mit den Augen und holte tief Luft: »Dicky mochte keinen Kakao. Soll ich Ihnen sagen, was er tat?«

Mrs. Pottle und Mrs. Daxter wollten.

»Er nahm einen Löffel Kakao«, sagte Miss Charbing, »und blies ihn uns Schwestern in die blonden Zöpfe, daß wir braune bekamen, klebrige braune. So war das mit dem Kakao und meinem Bruder Dicky.«

Mrs. Pottle beeilte sich, ihre Miene zu entschleiern, und Mrs. Daxter schüttelte erstaunt den Kopf, nicht bereit, Bewunderung zu äußern. Sie fand Dicky allmählich recht aufdringlich und außerdem beschäftigte es sie gehörig, daß sie noch keinen nennenswerten Gesprächsbeitrag geleistet hatte.

»Miss Charbing!« begann sie, indem sie sich auf die Sicherheit ihrer Lehrerinnenposition besann, »wie haben Ihre Eltern darauf reagiert? Ich kann mir vorstellen, daß Sie geschrien haben, wie kleine Mädchen schreien. Aber was taten Ihre Eltern?«

Miss Charbing machte ein nachdenkliches Gesicht.

Die Standuhr tickte hörbarer. Die Sonne feixte in den Fensterscheiben. Man sah eine Tischrunde von kleinen, schreienden Mädchen, deren straffe Zöpfe mit braunem Puderstaub überzogen waren, und einen blassen Jungen, der inzwischen schelmische Ohren, abstehend und zu Ohrfeigen neigend, bekommen hatte und einen leeren Löffel in der Hand hielt. Am Fenster baumelte die Tabakspfeife, Petersilie im Kopf, und im Hintergrund, grau verschwommen, saßen zwei Personen; sie würden gleich die Eltern werden, wenn Miss Charbing mit ihrer Antwort herausrückte.

»Meine Eltern«, sagte Miss Charbing, »erteilten ihm daraufhin Erziehung der Strenge und Nachsicht.«

War das alles, hätte Mrs. Pottle am liebsten gefragt, aber sie sah ein, daß das wirklich alles war, und nippte scheu am Likör. Mrs. Daxter fühlte sich in ihrer Lehrerinnenposition nicht bestärkt genug und immer noch unsicher, worauf Miss Charbing mit Dicky hinauswollte.

Dieser war der einzige, der noch übriggeblieben war von der Tischrunde. Die kleinen Mädchen waren, als sie ihr Schreien eingestellt hatten, verschwunden, ebenso die beiden schemenhaften Personen, kaum daß sie Eltern geworden waren.

»Dicky aber ging schließlich dazu über, Eulen großzuziehen«, fuhr Miss Charbing fort. »Ist das nicht eine gloriose Idee? Dicky ist sehr sehr glorios. Er wollte unbedingt nach Athen. Da fragte ihn Onkel Paul: ›Warum denn gerade Eulen, und warum denn gerade

Athen?‹ ›Um meine Eulen dahin zu tragen‹, war Dickys ganze Erklärung. Was haben wir gelacht! Denn warum will ein Junge nach Athen? Und warum züchtet er Eulen? Wissen Sie das? Sagen Sie nicht, daß Sie es wissen. Das weiß keiner. Aber doch kann ein Junge wie Dicky nur so sein, daß er nach Athen will und daß er Eulen züchtet. Suchen Sie nicht, wie und wo das paßt. Aber ich sage Ihnen: Es paßt zusammen. Bei Dicky paßt alles, was er tut.«

Mrs. Daxter ärgerte sich sehr. Ziemlich selbstherrlich saß dieser Dicky da inzwischen auf der Chaiselongue, ein paar Eulen flatterten um seine Ohren, die abstanden und zu Ohrfeigen neigten. Er hatte bequem die Beine übereinandergeschlagen und sammelte das Loblied seiner Schwester ein und fütterte damit seine Eulen, und hinter dem Fenster, an dem die Tabakspfeife, Petersilie im Kopf, hing, ragte der Areopag.

Abgesehen davon, daß sie ja eigentlich selbst längst einmal nach Athen hatte reisen wollen, fand Mrs. Daxter, daß Dicky irgendetwas überzog. Sie hätte so sehr gern endlich einmal etwas Gescheites gesagt. Aber Dicky überzog.

Mrs. Pottle, von Natur aus schüchtern, obgleich sie doch des öfteren sich für die Wahrheit empören konnte, hatte rosige Wangen und lächelte abwesend. Mrs. Daxter vermutete, daß sie in Gefilde abgewichen war, wo auch Dicky mitsamt seinen Eulen Raum hatte. Ganz eindeutig hatte sie nichts dagegen, daß eine seiner Eulen sich auf ihr Strickzeug setzte.

»Und soll ich Ihnen sagen, was er tat?« fragte Miss Charbing gespannt.

Mrs. Daxter wußte nichts, was sie weniger wollte als dies, während Mrs. Pottle eifrig nickte.

Miss Charbing wandte sich an Mrs. Daxter: »Liebe, wollen Sie auch wissen, was er tat?«

Mrs. Daxter floh nach vorn: »Nun, wie ich Ihren Bruder so kenne, wird er wohl tatsächlich mit den Eulen nach Athen gereist sein.« Bittere Resignation versüßte ihr die Worte.

Da rief Miss Charbing: »Indeed! Das tat er!« Sie stand auf und strahlte. Ihre Halsketten klirrten wie die Likörgläschen beim Anstoßen. »Woher wissen Sie das? Ich staune über Sie, Mrs. Daxter.«

Mrs. Daxter hatte allen Grund, befriedigt zu sein, denn sie hatte etwas gesagt, das allen Anschein von Treffsicherheit und Brillanz erweckte.

Mrs. Pottle hob ihr Gläschen und nippte auf ihr Wohl. Miss Charbing versank wieder in ihrem Korbstuhl.

Da auf der Chaiselongue saß Dicky und nickte ihr anerkennend zu, die Eulen schnarrten, und am Fensterkreuz hing die Pfeife, Petersilie im Kopf.

# Frau Buchwind

In meiner Nachbarschaft hat sich vorgestern etwas zugetragen. Frau Buchwind hat einem Einbrecher ihr Spinett geschenkt. Frau Buchwind wohnt in dem Haus an der Ecke der Leviathanstraße. Sie kommt abends nach Hause von ihrer Arbeit im Schuhgeschäft und geht dann manchmal aus, wenn sie keine Post zu erledigen hat.

Spinett spielt sie selber nicht, aber sie hat eines stehen – oder jetzt muß man sagen »hatte« – auf stelzigen Beinen, Nußbaum, am Fenster neben der Chaiselongue. Es hat der sonst so einfachen Einrichtung etwas Vornehmes gegeben, wie dieses Musikmöbel dastand, und Frau Buchwind achtete stets darauf, daß sich kein Staub darauf bettete.

Sie erzählt, daß sie schon von weitem Licht habe brennen sehen, vorgestern, und das sei der erste Schrecken gewesen, einer über die eigene Unachtsamkeit, das Licht am Morgen brennengelassen zu haben, und sie habe sich das fast den ganzen Kiesweg lang zur Haustür nicht verzeihen können. Trotzdem achtete sie auf den bald zu mähenden Rasen und die auf dem Weg verstreuten Blätter der Buche und fand das

Abendlicht so wunderbar und auch für den kühlen Rosenduft hatte sie noch eine Nase übrig. Bis sie dann plötzlich die Musik vernahm.

Es war das Spinett. Und es war Bach, wie sie beim jähen Stehenbleiben wußte. Der zweite Schrecken. Sie sagt, sie habe da eine Weile ratlos gestanden und überlegt, wer das sein könnte, und sie sei durchaus nicht so überwältigt gewesen von der Musik, daß sie nicht sachlich darüber habe nachdenken können.

Aber es haperte dann doch am befriedigenden Ergebnis, so daß es bei der Überraschung blieb, der sie mit Neugierde begegnete, indem sie die Taschen stehenließ und durch den Garten zum nach hinten gelegenen Wohnzimmerfenster ging.

Um den Mann, der da am Spinett saß, nicht zu stören, stellte sie sich schräg zum Fenster, das übrigens sperrangelweit offen stand, die Scheibe eingeschlagen. Er mußte durch das Fenster geklettert sein. Das stellte sie fest, und sie erzählt, sie habe das etwa so festgestellt wie zuvor die Überlänge des Rasens. Natürlich sei sie sehr verwundert gewesen, aber doch vor allem darüber, daß der Mann sehr schön spielte und sie es sich gefallen ließ.

Die Begebenheit hatte ihren Verlauf im folgenden so, daß der Mann sie plötzlich in einer Spielpause doch bemerkte, sehr erschrocken war und hastig aufstand. Er sagte »Guten Tag« und sagte, er habe nun wohl nichts mehr hier zu suchen, woraufhin sie sich mit den Ellenbogen auf die Fensterbank aufstützte und ihn kurz entschlossen fragte, wie es denn sein könne, daß er alles auswendig spiele.

Denjenigen, die es an dieser Stelle doch ein wenig zu rührend oder ins Unglaubwürdige gezogen finden, ist wohl einerseits recht zu geben, andererseits sind sie darauf hinzuweisen, daß das Am-Fenster-Stehen der Frau Buchwind und das unruhige Sich-Ertappt-Wissen des Spinettspielers mit der schlichten Komik des Alltags so wenig nicht zu tun haben.

Daß sich dann aber auf diese Weise ein Gespräch entsponnen hat, zuerst über die Musik, im speziellen Bachs, und dann über das Einbrechen in fremde Häuser im allgemeinen – es ist dazu nicht viel zu sagen; es hat sich aber vorgestern zugetragen. Am Ende hat Frau Buchwind dem Mann gesagt, er könne das Spinett bekommen.

Es steht nun nicht mehr da.

## Konrad Becherlein

Konrad Becherlein hatte eine märchenhafte Großtante, in dem Sinne, daß sie tatsächlich, wenn die Zeit besinnlich wurde, also im Advent, zum Erzählen neigte. Zwar verstand Konrad Becherlein nicht, warum von den vier Kerzen des stechenden Kranzes trotz seiner heftigen Bitten nur eine einzige angezündet werden durfte, während in der darauffolgenden Woche ohne irgendeinen Wunsch von seiner Seite auf einmal zwei Kerzen brannten, aber diese Gegebenheit nahm er hin und verstand sich um so besser darauf, der Großtante ein Gegenüber für ihre Märchen zu bieten. Am liebsten hatte er das Märchen vom standhaften Zinnsoldaten. Dieses prägte sich so tief in ihn ein, daß er daraufhin seine Gehbewegungen mit jenen weitausholenden Beinwürfen versah, die seiner Ansicht nach denen des Zinnsoldaten gleichen mußten, und daß er, und dieses besonders standhaft, mit durchgedrückten Knien dastand, wobei ihm die Strafe des In-der-Ecke-Stehens geradezu eine Freude wurde, denn dabei kam er sich so besonders zinnsoldatenartig vor. Onkel Bertram hatte seine helle Freude an diesem Gehabe. Er schenkte dem Neffen zum Frohen Feste einen

Zinnsoldaten von der Größe einer Streichholzschachtel und legte damit gewissermaßen den Grundstein zur weiteren Zukunft des Konrad Becherlein: Ganz abgesehen davon, daß Konrad Becherlein sich diese steife Gangart nicht mehr ausreden ließ, versteifte er sich von nun an mit dem größten Eifer auf das Sammeln von Zinnsoldaten. Es muß gesagt werden, daß er diese Leidenschaft brav neben dem Schulbetrieb her zu pflegen wußte. Er übte sich bereits hier im Unterordnen der Neigung unter die Pflicht und wußte warum; er wollte dies: Soldat wollte er werden.

Es war dem ärztlichen Attest nicht eine genaue Erklärung zu entnehmen, warum Konrad Becherlein ausgemustert wurde. Von allen unverständlichen Begriffen verstand Konrad Becherlein nur die »ausgediente Kniekehlenmuskulatur« und die »Ausmusterungsbescheinigung«, die miteinander in Beziehung zu stehen schienen. Er schluckte, überstand standhaft die ihn überkommende Enttäuschung und ergriff einen anderen Beruf, dessen genauere Bezeichnung zu nennen nicht nötig ist, da er keine große Rolle spielte im Leben des Konrad Becherlein.

Eine Rolle spielte nun nur noch und ausschließlich und nun erst recht und ganz und gar seine Leidenschaft des Sammelns von Zinnsoldaten.

Was für eine Welt erschloß sich ihm da, als er sich endlich ganz auf sie einlassen konnte! Nicht nur, daß sich seine Kindheits- und Jugendsammlung in kurzer Zeit verdreifachte, so daß er stolze Stücker 181 in seinem Regal stehen hatte; auch die Qualität stolzierte in jedem Soldätchen einher, blinkend vor Geschichtsträchtigkeit und Marktwert.

Ja, der Markt, der Markt der Sammler, das war seine Welt, hier war er bald zu Hause, hier kannte er sich aus, schärfte Blick und Kenntnis, und immer schneller, immer leichter fand er heraus, wie er zu einem seltenen Stück, einem langgesuchten Liebling kam. Bei keiner Auktion fehlte er, erhob seine Stimme und oft noch sich selbst dazu, wenn seine ausgediente Kniekehlenmuskulatur es zuließ, und machte sein Recht auf diesen und jenen Zinnsoldaten laut und überzeugend geltend.

Zu der sich immer weiter ausdehnenden Zahl von Zinnernen gesellten sich auch einige menschliche Freunde – oder vielleicht waren es auch eher Konkurrenten, wer wußte das, wer wußte, ob sich hinter der netten Geste, der Einladung zu Cognac und Zinnsoldatenpräsentation nicht insgeheim eine Art Mißgönnerschaft, ein Neidertum verbarg?!

Konrad Becherlein wußte es nicht und ließ deshalb jene Vorsicht walten, mit der er auch seine Sammlung pflegte. All sein Gefühlsleben verlegte er in die Fingerspitzen, mit denen er überaus geschickt seine Zinnsoldaten jeden zweiten Samstag einzeln abstaubte, hier und da einölte und zur Not reparaturbedürftige Ärmchen und Gewehrchen versorgte.

Nach zwei Jahren war er so weit gediehen, daß er dem Club der Sammler beitreten konnte, der ihm mehrmals im Jahr Reisen zu ausländischen Auktionen verbilligt ermöglichte, und nie kehrte er zurück ohne ein paar Exemplare von seltenem Wert und ohne das erfrischende Gefühl einer neugeknüpften wichtigen Beziehung.

Einmal bekam er eine Einladung des Clubs zum Ball der Zinnsoldatensammler und entdeckte, daß er keine Frau hatte. Da er jedoch keine Aktion von Seiten des Clubs auslassen wollte, um nicht die geringste Gelegenheit für sammlerische Zwecke zu verpassen, beschloß er, der Kühnheit zu frönen und fraulos seinen Mann zu stehen. Es wurde ihm gelohnt: An seinem Tisch saß Herwig Hut – ein bekannter Sammler im Landkreis, der die »Drillinge« besaß: jenes zinnerne Trio von römischen Legionären, Spielzeug Ludwigs des XVI. – mit seiner eheringlosen Tochter Gertrud, die ihm für seine Aufforderungen zum Tanz mit solcher Dankbarkeit entgegenkam, daß sie seiner tänzerischen Unfähigkeit gar nicht gewahr wurde, sondern hingebungsvoll mit ihm über das Parkett marschierte und geflissentlich Auskunft über die Sammlung ihres Vaters gab. Nach fünf Märschen wußte Konrad Becherlein genug, trank noch einen Eierlikör und verabschiedete sich mit einem knallenden Handkuß auf die eheringlose Hand von Gertrud Hut. Es folgten ein paar Besuche, der Sammlung und der Tochter, dann die Hochzeit. Der ganze Club war anwesend, es gab einige gute Zinnsoldaten unter den Geschenken, aber die »Drillinge« behielt Herwig Hut vorerst bei sich. Gertrud erwies sich als fürsorgendes Weib: In der Pflege der Zinnsoldaten kannte sie sich aus, sie war bei ihrem Vater in die Schule gegangen, es war ihr ein Leichtes und ein Selbstverständliches dazu, die Sammlung zweimal im Monat zu säubern; die Ehe gedieh wie auch die Sammlung gedieh, insofern Konrad Becherlein noch mehr Zeit für Auktionen hatte. Morgens legte Gertrud ihrem Mann die Zeitung hin, in der sie die für ihn wichtigen Ausstellungen rot anstrich, und manchmal, wenn Konrad Becherlein auf Reisen war, kam es vor, daß Gertrud an seiner Stelle hier- und dorthinfuhr, die Marktlage abschätzte und sogar dann und wann ein Stück nach Hause brachte. Davon war Konrad Becherlein weniger begeistert, denn den nötigen geschärften Blick hatte Gertrud nun doch nicht, und einmal unterlag sie tatsächlich einer Täuschung und brachte eine Fälschung heim, einen lächerlichen Gardeoffizier mit gezücktem Bajonett, nett anzusehen, aber wertlos, absolut wertlos!

Seitdem unterließ Gertrud dieses und begnügte sich damit, einen Sohn zur Welt zu bringen, ihm früh das Märchen vom standhaften Zinnsoldaten zu erzählen und Ehrfurcht vor der Sammlung des Vaters beizubringen.

Wenn der kleine Herwig – diese Namensgebung hatte den Großvater leider nicht dazu bewegen können, Konrad Becherlein die »Drillinge« zu schenken – einmal in ehrfürchtigem Verlangen seine Händchen nach den Soldaten in den unteren Regalreihen ausstreckte, in denen die weniger kostbaren Stücke standen – und ganz unten in der Ecke hinten auch der falsche Gardeoffizier – dann bekam er Eck-Arrest, den er geduldig abstand, wobei Konrad Becherlein aber darauf achtete, daß der kleine Herwig seine Knie nicht durchdrückte von wegen der Kniekehlenmuskulatur, denn Herwig sollte dies: Soldat sollte er werden.

Aber er wollte nicht. Zwar taugte er sehr, aber er machte nur den allernötigsten Dienst, zog sich aufs Land zurück und begann, Streichholzschachteln zu sammeln, ein Schritt, der ihm nichts Gutes vom Vater einbrachte, nur einen lange währenden stummen Groll.

Nach vielen Jahrzehnten hatte die Sammlung des Konrad Becherlein solche Ausmaße angenommen, daß mancher im Club scheel – oder neidisch? – blickte und sich fragte, ob denn da noch die Qualität der einzelnen Figuren den Wert der Sammlung ausmachte, wie es sich doch eigentlich für die Sammlung eines rechten Clubmitgliedes gehörte, oder ob sich die Angelegenheit nicht klammheimlich und im Lauf der Zeit dahin verschoben hatte, daß die Quantität, also die immer weitere Ausdehnung der Sammlung den Sammeltrieb des Konrad Becherlein beherrschte. Manch einer wußte zu berichten, daß in den Regalen Konrad Becherleins mehrere falsche Gardeoffiziere standen, ganz nett anzusehen, aber wertlos, absolut wertlos, und diese Schmähung der Sammlerinnung sei doch wohl auch nicht durch den gleichzeitigen Besitz der »Drillinge« (der alte Hut war inzwischen gestorben und hatte dem Schwiegersohn – endlich! – seine Sammlung samt der ersehnten Kostbarkeit überlassen) wettzumachen.

Gertrud riet zu einem Umzug in ein Haus mit mehr Sammelraum. Konrad Becherlein sah ein, daß nicht auch noch die Küche mit Soldaten tapeziert werden könne, da diese – also die Soldaten – ja sonst von Fettgedünste geschädigt würden, und das Haus wurde gesucht, gefunden, der Umzug in die Wege geleitet.

Es ergab sich nun das Problem des Transportes der Sammlung. Wie sollten all die feinen zinnernen Kostbarkeiten ohne Schaden transportiert werden? Konrad Becherlein hatte noch nie so viel nachgedacht wie in diesen schlaflosen Nächten. Bis Gertrud endlich die Idee hatte: Herwigs Streichholzschachteln, diese sollten als Verpackung dienen! Der Kontakt zum Sohn auf dem Land wurde wiederhergestellt, und es zeigte sich, daß die Sammelleidenschaften von Vater und Sohn nicht auf die schlechteste Weise miteinander zu vereinen waren.

Abendelang saß Konrad Becherlein mit Sohn und Gertrud vor seiner Sammlung, und Stück für Stück wurde eingepackt in Sorgfalt und in eine Streichholzschachtel. Endlich waren auch die »Drillinge« umzugsfertig, eine besonders große Streichholzschachtel, chinesisch mit Seideninlett, diente ihnen als – ja – wozu? Sarg, sagte Herwig, Bettchen, verbesserte Gertrud, und Konrad Becherlein schwieg und nickte abwesend zu beidem. Er nickte und wußte in all den gestapelten Streichholzschachteln seine Soldätchen wohl versorgt liegen, im Bettchen, im Sarg, das war gleich, er war's zufrieden, er nickte und nickte ein. Und weiter ging der Weg, den der Weg der Sammler immer geht: den maßlosen ...

# Annabella, die Schaufensterpuppe

»Marina«, sagte die Mutter beim Mittagessen, »heute nachmittag darfst du Annabella frisieren.«

Das war die große hübsche Dame, die einzige Schaufensterpuppe. Sie stand im Fenster und präsentierte die Braut- und Abendgarderoben. Marina hatte schon vorhin auf dem Heimweg von der Schule gesehen, daß Annabella neu ausstaffiert war. Für einen Moment war sie stehengeblieben und hatte die Puppe durch die Glasscheibe bewundert: da stand sie und sah wie immer wunderschön aus, oh so prachtvoll. Nur stimmte das Haar noch nicht, die blonden Locken hingen ihr wirr ins rosa Antlitz, die großen Sternenaugen lugten zwischen den Strähnen hindurch, als seien sie blind und kalt, und das Näschen verlor sich auch irgendwo. Die Mutter hatte ihr bloß ein neues Kleid übergestreift, und das Haar durfte Marina dann herrichten.

»Wenn du dazu die Trittleiter brauchst: sie klemmt«, sagte der Vater und klatschte sich noch eine Portion Kartoffelbrei auf den Teller. »Du mußt sie mit einem ordentlichen Ruck zurechtstellen.«

»Die Trittleiter klemmt seit Wochen«, erwiderte die

Mutter. Sie rieb sich ein Auge. »Und du reparierst sie nie.«

»Man kommt ja auch so damit zurecht«, meinte der Vater.

»Anstatt daß du sie mal reparierst!« Jetzt hatte die Mutter eine Wimper im Auge verloren. Sie schaute angestrengt auf die Nasenspitze und klimperte mit den Augenlidern, damit die Wimper nach vorn rutschte.

»Ach was, ach was!« Der Vater sprach mit dem Kartoffelbrei im Mund und schmatzte dabei. Marina starrte auf die gelben Brei-Fäden, die sich zwischen seinem Ober- und Unterkiefer bildeten. Wie eklig. Man spricht nicht mit vollem Mund, hätte sie beinahe gesagt. Aber Belehrung vertrug der Vater nicht, außerdem hatte er schon genug mit der Mutter zu schimpfen.

»Wenn ich Zeit hätte, Trittleitern zu reparieren, könnte ich's Geschäft gleich schließen!«

»Nun tu du nicht so, als hättest du keine Zeit. Oder willst du etwa, daß deine einzige Tochter runterfällt und sich das Genick bricht?« Die Mutter hatte die Wimper erwischt und streifte den Finger an der Serviette ab. Sie blickte wieder normal drein: die Stirn ein bißchen in Falten gelegt, der rechte Mundwinkel so halb beleidigt in der Wange versteckt. Das war ihr normaler Familienblick. Ihr Geschäfts- und Kundenblick war ein ganz anderer: Nasenspitze hoch hinauf, jederzeit gesprächsbereite Lippenstellung, Stirn straff.

Der Vater konnte nicht genug kriegen vom Kartoffelbrei. Er aß ihn inzwischen sogar ohne Soße. Das lag aber nicht an seinem Appetit, sondern an seiner Wut. Marina sah, wie er seine Wut gierig fraß. Sie schmeckte ihm. Sonst hätte er ja aufhören können, fand sie, um ihr die Trittleiter zu reparieren.

Die Mutter und Marina warteten vor ihren leergegessenen Tellern darauf, daß der Vater endlich fertig wurde. Niemand sprach mehr. Aber alle Worte hingen an dem gelben Brei, den der Vater zerschmatzte und verschlang.

Marina überlegte, mit welchen Schleifen sie Annabellas Haar aufstecken sollte. Apricot? Lindgrün? Lindgrün, beschloß sie und legte die Ellenbogen auf den Tisch, was nach den Mahlzeiten ja erlaubt war, und faltete die Hände.

»Ich nehme die lindgrünen Schleifen«, gab sie kund.

»Tu das, Marinchen«, brummte der Vater. Er schien den Ärger geschluckt zu haben, fuhr mit der Zunge einige Male über die Lippen und langte hinter sich auf die Vitrine, wo die Zeitung lag.

»Das Kleid ist cremeweiß, die lindgrünen passen da gar nicht«, sagte die Mutter, die das Geschirr zusammenstellte. »Steck das Haar einfach mit den Spangen fest. Es kommt sowieso der große Schleier darüber.«

Der große Schleier! Dieser dumme unnütze Behang! Marina mochte ihn nicht. Er verdarb doch Annabella jedes Mal: Da hatte Marina sich stundenlang Mühe gegeben, jede Locke einzeln aufs lieblichste zurechtgelegt – und die Mutter kam daher mit ihrem Schleier und verdeckte die gelungene Haarpracht. Anfangs hatte Marina noch gebettelt: ach bitte und ach Mamichen, Annabella solle doch dieses eine Mal nur so bleiben, wie sie genau jetzt aussah. Aber weil es doch nichts half oder weil die Mutter jedes Mal so inständig guckte, hatte Marina dann das Zanken aufgegeben und stieg stets brav die Trittleiter hinunter, um der Mutter Platz zu machen, der Mutter und ihrem großen Schleier.

Kamm, Bürste und die lindgrünen Schleifen lagen im Badezimmer, die Trittleiter lehnte in der Abstellkammer. Marina brachte alles nach vorn ins Geschäft und öffnete dort die Tapetentür, die ins Schaufenster führte. Aufgestaute Luft quoll ihr entgegen. Die Sommerhitze stand in diesem Raum, die Sonne brannte gegen die große Scheibe. Marina zog die Sandalen aus und betrat barfuß den grünen Filzboden. Er war weich und aufgewärmt. In der Ecke stand ein Stuhl, über dem der Schleier ausgebreitet war. Und weiter rechts: Annabella in einem märchenhaften Kleid. Es war das schönste, das sie je getragen hatte und mußte sündhaft teuer sein, denn es bestand nicht nur aus feinster Spitze, sondern war auch noch über und über mit glänzenden Perlen bestickt. Auf dem weit ausladenden Rock ergaben die Perlen ein Rosenmuster, in der Taille liefen sie gerade herum, um auf dem Miederteil zu lauter kleinen Vögeln zu werden, die auch den runden

Ausschnitt zierten, und der Ärmelstoff war ein durchsichtiger Chiffon, der glockenartig fiel und an den Handgelenken wieder in perlengefaßte, gekräuselte Spitze mündete.

Marina in der schimmernden Nähe der Puppe stand regungslos wie sie und fühlte sich gering und matt und schmal. Annabellas Glanz strahlte um sie her, aber er ging nicht auf Marina über. Er prallte an ihr ab und fiel auf Annabella allein zurück. Das Sonnenlicht erschien verbraucht und fahl dagegen und löste sich gleich in Staub auf, der in Strahlen von der großen Glasscheibe zum Filzboden flirrte. Aber die Puppe verbreitete cremeweiße Klarheit wie der Mond.

Marina zog die Schultern hoch, beschämt, denn so wie Annabella, so würde sie ja niemals aussehen. Und doch fühlte sie sich zugleich auserkoren. Ich, Marina, bin ihre Hofdame, dachte sie und spürte, wie eine Art königliche Huld sie überflutete. Denn sie war allein mit Annabella und sie verfügte über ihr Haar. Sie konnte ja diese Betörung berühren.

Sie streckte die Hand aus und strich mit den Fingern über die Rosenstickerei.

Eine Biene kam durch die offenstehende Tapetentür hereingeflogen und prallte gegen das Fenster. Sie summte mit aller Kraft, wild entschlossen, das Glas zu durchdringen, krabbelte ein Stück hinauf, bohrte sich summend weiter, prallte, flog, summte, prallte – und immer dasselbe.

Marina ging nun und holte die Trittleiter und die

Frisierutensilien herein. Die Trittleiter klemmte, und mit dem ordentlichen Ruck hatte sie sie rasch aufgestellt. Sie kletterte hinauf und setzte sich auf die oberste, verbreiterte Stufe. Annabellas Hinterkopf vor dem eigenen Gesicht schaute sie über die Puppenschultern hinweg auf die Straße hinter der Glasscheibe.

Viele Menschen gingen da entlang, mit Einkaufstaschen und Hunden und Kindern. Die meisten eilig und ohne Seitenblick herein. Nur eine Frau und ein Mädchen an ihrer Hand blieben stehen und musterten die Szene: Marina auf ihrem Ausguck hinter der Schaufensterpuppe. Wie das Mädchen sie mit großen Augen anstarrte! Da fühlte sich Marina erhaben und fuhr Annabella mit dem Kamm durch die Locken. Als die beiden weitergingen, tat Marina, als merke sie das nicht, kämmte nur noch hingebungsvoller, bis auf einmal jemand gegen die Scheibe klopfte. Sie schaute auf und sah einen kleinen Jungen, der grinsend einen Kaugummi aus seinem großen Mund nahm, ihn an das Glas klebte und davonrannte.

Marinas Empörung glich einer Welle roter Hitze, die ihr aus dem Rücken brach, auf Annabella überschwappte und an deren harten, kühlen Armen verzischte. Die Puppe stand blaß und stark, und es blieb kein Kummer übrig für Marina, die jetzt ungerührt zuschauen konnte, wie ein Spuckefaden vom Kaugummi hinunterrann.

Sie kämmte das Haar, striegelte es, langsam und mit

Hofdamen-Ehrfurcht, bis es sich elektrisch knisternd bauschte.

Nebenan im Geschäft gab es ein Geräusch. Das waren die Eltern. Das Geschäft war heute nachmittag geschlossen, aber es mußte ständig in Ordnung gehalten werden. Die Mutter sagte etwas, der Vater fuhr ihr dazwischen und die Mutter wieder dem Vater – und immer dasselbe.

Marina stieg von der Trittleiter hinunter und stellte sie so leise wie möglich an die Stelle, von der aus sie gut von vorn an Annabellas Gesicht herankam. Nun saß sie mit dem Rücken zu den Leuten draußen.

Summend prallte die Biene gegen die Scheibe, die Eltern sprachen aufgeregt. Ein Wirbel dumpfer Töne entstand und nistete sich im Schleier über dem Stuhl ein und in Annabellas Ohren.

Marina schaute Annabella in die Augen. »Schöne junge Frau!« flüsterte sie ihr auffordernd zu und dachte sich einen feinen Bräutigam. Annabella guckte aus grünblauen Augen. Sie wirkte fern und verträumt. In ihren rosa Mundwinkeln klebte Staub. Marina pulte ihn heraus und säuberte die Puppenlippen mit ihrer Spucke. Annabella lächelte die ganze Zeit über, wie es sich gehörte für eine glückliche Braut, und sie zeigte aller Welt, daß es sich lohnte, zuerst hier einzukaufen und dann zu heiraten. Marina glaubte ihr inbrünstig, und je mehr die Eltern nebenan sich stritten, desto klarer wurde ihr, daß Annabella recht haben mußte. Und sie nahm die lindgrünen Schleifen und gab sich mit der Frisur die größte Mühe, wobei sie immer wieder der Puppe ins Gesicht schaute, ob sie auch zufrieden sei.

Zum Schluß war sie es auch, hatte jedoch noch einen Wunsch, den Marina ihr von den Augen ablas: keinen Schleier dieses Mal!

Bitte sehr, dachte Marina und kletterte von der Trittleiter hinunter.

»Nein, so habe ich das niemals behauptet!« rief die Mutter, und der Vater: »Das sagst du immer!«

Da nahm Marina den Schleier vom Stuhl, knüllte ihn in Windeseile zusammen, hob Annabellas Rock und verstaute das Ding mitsamt ihrem Herzklopfen darunter.

Jetzt kitzelt es die Annabella an den Beinen, dachte Marina. Ein letztes Mal stieg sie die Trittleiter hinauf, faßte die Puppe am Kinn und bog den Kopf hoch, so daß die Nasenspitze hinauf ragte.

»Mutter!« rief sie dann. »Ich bin fertig mit Annabella!« Die Mutter kam und fragte gleich nach dem Schleier.

»Ich weiß nicht, wo der ist«, log Marina oben auf der Leiter.

Da ging die Mutter hinaus und hatte wieder etwas, das sie dem Vater vorwerfen konnte. Es machte Marina aber nichts aus, denn das Lügengespinst lag wohlversteckt der Annabella zu Füßen, und die würde doch ihre Hofdame nicht verraten.

# Mönche

Zehn schwarzen Raben gleich, noch schläfrig und schweigsam, verließen die Mönche die Kapelle, rieben sich die Arme, schnupften hier und da, suchten nach dem Taschentuch zwischen dem inneren Gürtel und dem Faltengewand und dachten an den heißen Frühstückskaffee.

Der November nebelte die Wirtschaftsgebäude in sein verschwiegenes Grau ein, von den Gärten her kam es noch feuchter, sie hingen am Fluß, und der dampfte. Einer der Rabenzehn, stehenbleibend, reckte den Hals nach oben, nach hinten, wobei seine Kapuze abkippte, drehte und wendete ihn gymnastisch und verschränkte dann die Arme hinter dem Kopf, so daß der ganze Thorax in diese reckend-elastische Bewegung geriet.

»Elendes Novembergrau!« schimpfte der Elfte und klimperte mit dem Kapellenschlüssel, kam her und schüttelte sich wie seine Schlüssel, nur mürrisch.

»Jedes Jahr um diese Zeit ist es mir einfach zu grau und zu kalt!« Er blieb beim Zehnten stehen, der die Arme in die Höhe streckte und sie dann tief ausatmend herabfallen ließ.

»Wozu?« fragte dieser. »Wozu zu kalt, zu grau?«

»Ach«, der Schlüsselbruder verzog düster lächelnd die Augenbrauen und schaute ein wenig verlegen zu Boden. »Was fragst du so, Bruder Hans! Guck zum Kuhstall hinüber und dann zum Eckturm, dann schau weiter zu den Efeuhäusern, zu den Gärten dort und zu unseren Gebäuden hier, selbst die Kapelle mußt du mitbetrachten, und dann frag dein Auge, kannst du irgendwie unterscheiden zwischen Kuhstall und Kapelle? Zwischen den Gärten und den Efeuhäusern? Zwischen dem Kapitelsaal und dieser Pfütze hier? Mein Auge wird selbst noch so: so grau! Pfui, nein, dieser Spätherbstwinter ist keine gute Idee. Mir fehlen die Farben.«

»Ach, sei nicht so langweilig! Brüderchen, ich sag dir was ganz anderes! Ich sag dir dies: mein Auge tut, was du sagst, und schaut zum Kuhstall, zum Eckturm und zu den Efeuhäusern und dorthin und dorthin, und, Brüderchen, was sieht es im Vergleichen und Hier und Dort?«

Bruder Hans setzte seine Kapuze wieder auf und hüllte sich ganz in seine gespannte Frage ein, blieb darin, verbarg sich und ließ nur seine Augen hervorblitzen, fragend auf den Schlüsselbruder gerichtet. Dieser fürchtete, daß er nun gleich in seiner Ödigkeit bloßgestellt sein würde, denn das Grauste an allem war ja, daß mit seinem Graublick nicht viel herzumachen war, und er senkte den Kopf, bis Kinn und halbes Gesicht tief in der Kutte verschwunden waren und er ganz und gar nur halbbeteiligt aussah und entsprechend auch nur Unverständliches und Murren zur Antwort gab.

»Bruder Viktor, zum Kaffee mit meinem Triumph! Den spar ich mir. Der macht mir gar keinen Spaß, wenn du nicht auch siehst, daß es hier lauter verschiedene Graus gibt! So verschieden wie die Farben im Sommer, im Frühherbst. Zum Kaffee, komm.«

»Uiui, das nenn ich Lebensschläue, auch aus Grauingrau noch Farbigkeit zu machen! Uiui! Aber das ist mir zu hergebogen.« Bruder Viktor hatte im tiefen Kapuzendunkel die Ironie gefunden, mit der er sich herauszuretten hoffte, und schüttelte Schlüssel und Kopf, wobei letzterer wieder ganz zum Vorschein kam.

»Hergebogen? Mein Auge sieht, was mein Auge sieht, wenn deines nur *ein* Grau sieht.«

Sie gingen ins Refektorium und setzten sich auf ihre Plätze neben die anderen Raben, die schon halb fertig, halb eingeschlafen, halb aufgewacht waren. Hinter den hochgelegenen Fenstern graute der Morgen. Bruder Hans und Bruder Viktor sahen verstohlen hinauf, prüften abschätzend kurz und heimlich und immer wieder in den Kaffeebecher schauend, was es mit dieser Farbe auf sich hatte.

Während der Arbeitszeit war Bruder Viktor in den Efeuhäusern beschäftigt, in denen die große Efeuzucht mit Stolz betrieben oder besser gesagt: gepflegt wurde. Die verschiedensten Efeupflanzen gediehen in diesen Gemäuern und Säulengängen: Rankelarten, die bis zu den Fenstern hinauf wuchsen, groß- und kleinblättrig, schattiert, marmoriert, hell- und dunkelgrünend, und Efeubäume mit armdicken Stämmen, feinen Zweigen, die locker-schwingend herabhingen, winzige Töpfchen mit noch winzigeren Efeublättchen, puppenniedlich, an deren Zucht Bruder Claus mit einer Affenliebe hing. (Diese ging so weit, daß er den aus der Knospe neu kommenden Blättchen einzeln mit einer Stecknadel bei den letzten Anstrengungen der Entfaltung half, da er die Sorge hatte, sie würden die Geburt in ihrer Zartheit sonst nicht ohne Schaden überstehen; eine Sorge, die Bruder Viktor Beweis genug war dafür, daß diese »Efeupuppe« schlicht überzüchtet war und deshalb eigentlich nicht lebensfähig, was ihm von Bruder Claus den rügenden Namen »Bruder Darwin« eintrug, wobei das Wort »Bruder« nur sehr gequetscht hervorgebracht wurde und in diesem Falle tatsächlich gern gegen »Kollege« eingetauscht worden wäre.)

Es gab hier auch Efeu aus dem Ausland: China war vertreten, Jordanien, Ägypten, Italien, Holland, Griechenland, und eine besonders schöne Pflanze, in deren Blättern ein kronenförmiges Grün von Gelb umrahmt auffiel, war dem Kloster vor einiger Zeit von orthodoxen Starzen aus Rußland als Gastgeschenk mitgebracht worden. Sie wuchs außerordentlich schnell und hatte mit vielen Seitentrieben bereits energisch die steinerne Säule, bei der sie – nicht weit vom Eingang zum Innenhof – stand, als Stütze beschlagnahmt.

Bruder Viktor ging daran, diese Pflanze in einen größeren Behälter umzutopfen. Es kostete ihn viel Mühe, ihr Wurzelwerk aus dem alten Topf zu heben, wobei er feststellte, daß der Widerstand weniger von der Pflanze selbst als vielmehr von dem Topf kam, der sich kaum bewegen ließ. Es war ein schwerer, massiver Topf aus Steingut, in das zusätzlich noch Granitgestein eingearbeitet war und glänzender Schiefer. Eine feine Arbeit, dachte Bruder Viktor und verlor sich ganz im Beschauen dieses Topfes.

»Wovon träumst du denn?« Bruder Claus kam aus dem Innenhof mit einem großen Korb voller junger Triebe, die er im Winter an geschützterer Stelle weiterwachsen lassen wollte.

»Schau dir diesen Topf an. Es ist der russische«, antwortete Bruder Viktor. »Ich habe bei der Geschenkübergabe nur auf den Efeu geachtet und den Topf dabei ganz übersehen.«

In gebückter Haltung ging Bruder Claus um den Topf herum und sah ihn an, wie man nur einen Topf ansehen kann: topfgemäß, sachlich, topfkundig.

»Ja, es ging bei dem Geschenk unserer Starzen-Brüder ja auch um den Efeu.« Mit erklärender Gebärde blieb er stehen und fuhr fort: »Und dem Topf geht es auch um den Efeu …«

»… denkt man als solche Efeuraben, wie wir es sind«, unterbrach ihn Bruder Viktor. »Aber wenn man diesen Topf anschaut, könnte man beinahe denken, es sei umgekehrt.«

»Also Bruder Darwin, das ist nun wieder deine Ansicht, die ja nicht immer sehr viele Beine auf dem Erdboden hat, wenn man zum Beispiel an dein Ansinnen bezüglich meines Lieblingsefeus denkt.« Bruder Claus versäumte kaum eine Gelegenheit, bei der er seinem Efeubruder einen Gegenhieb verpassen konnte, den er, wie er meinte, seinem Puppenefeu schuldig war. Bruder Viktor hörte nicht ganz zu. Er schaute den Topf an, wie man einen Topf nur anschauen kann, wenn man ihn geradezu verehrt. Während Bruder Claus weiterging, überlegte Bruder Viktor, was denn da an diesem Topf so Faszinierendes war, das sein Schauen auf so köstliche Weise sättigte. Aber er konnte es sich nicht erklären.

Am Nachmittag nahm er den Topf unter den Arm und trug ihn in seine Zelle. Er wollte ihn haben. Eigentlich war Eigentum nicht gerade das Allererlaubteste im Kloster, aber da Bruder Viktor sich im großen und ganzen frei wußte von aller Besitzgier und ihm auch schon jahrelang gar nichts mehr eingefallen war, was er denn gern in Besitz gehabt hätte, so erlaubte er sich großzügig, diesen Topf in seiner Zelle auf die Fensterbank zu stellen. Auf dem Weg zum Dormitorium traf er Bruder Hans, der zum Melken ging. Es verlangte ihn danach, seine kleine Gesetzesuntreue mitzuteilen, gewissermaßen so, als bekäme sie dadurch etwas Legitimiertes, und so zeigte er dem Bruder halb im Vorübergehen den Topf mit einem wie beiläufigen Schwenker des Arms und murmelte, als wäre es etwas sehr Nebensächliches: »Den Topf gönn ich mir.«

»Es ist der russische, nicht wahr?« Bruder Hans blieb stehen.

»Du hast gute Augen«, wunderte sich Bruder Viktor. Es war eigentlich nicht seine Art, zu loben, aber er tat es nun, halb aus Dank dafür, daß Bruder Hans aus seiner Mitwisserschaft keinen großen Hehl machte, halb aus ehrlichem Erstaunen.

»Du findest den Topf so schön?«

»Er gefällt mir ungemein, Bruder Hans.«

Bruder Hans verzog sich in den hintersten Winkel seiner Kapuze, um dort ungesehen zu lächeln. Er schnippte mit dem Finger gegen den Topf und sagte: »Schiefer in Granit in Steingut. Grau in Grau in Grau …« Dann ging er weiter.

Einige Zeit später ging Bruder Hans mit einer Kanne Milch zur Küche, um die Katzenteller aufzufüllen. An der Ecke des Küchengebäudes entdeckte er Bruder Viktor, der am Gartenzaun stand, die Nase schnuppernd in der Luft, und sich langsam umschaute. Er gesellte sich zu ihm. Eine Weile standen sie beide da und schauten in die dämmrigen Felder und Baumschatten.

»Na, Brüderchen mit dem Topf«, brummte Bruder Hans.

»Ich habe ihn doch nicht mit in meine Zelle genommen«, sagte Bruder Viktor. »Der November tut's auch: grauingrauingrau.«

## Mann und Frau

Ein Mann kam von einer Reise wieder mit der Idee, in seinem großen Garten eine Voliere einzurichten. Um seine Frau für diesen Plan zu gewinnen – immerhin würde sie ihren Rosengarten einschränken müssen –, brachte er ihr einen Wiedehopf mit. Den kleinen Bambuskäfig stellte er vor sie auf den Tisch und schaute gespannt, wie sie reagierte.

Von da an ging alles rasch. Die Frau besorgte Maschendraht, einen Kakadu und zwei Wellensittiche, der Mann rammte hölzerne Pfähle im Quadrat in die hinterste Gartenecke, und bald stand eine kleine Voliere da, in der es die Vögel mit Wasser- und Körnernäpfen, einem kleinen Holzhäuschen und allerhand Geäst nicht schlecht hatten.

Jeden Morgen vor der Arbeit gingen der Mann und die Frau zu ihren Vögeln und sahen ihnen eine Weile zu, und abends nahmen sie bei gutem Wetter ihr Abendbrot gleich neben der Voliere ein. Es war Sommer, die Amseln und Finken sangen im Rosengebüsch den fremden Vögeln zu, der Mann lehnte sich im Stuhl zurück und war zufrieden, ebenso die Frau.

Natürlich wurden im Lauf des Sommers immer

mehr Vögel dazugekauft: ein halbes Dutzend Zebrafinken, ein paar Kanarienvögel und sogar ein südafrikanischer Lori. Die Vögel vertrugen sich gut miteinander, aber war die Voliere nicht zu eng für sie? Und als schließlich mit dem Herbst die Frage nach dem Überleben der Tiere bei den kalten Temperaturen sich stellte, beschlossen der Mann und die Frau, eine viel größere Voliere zu bauen, eine aus Glas, gleich im Anschluß ans Haus, so daß sie zur Fütterung gar nicht erst in die Kälte hinaus müßten, sondern von der Küche aus direkt in die Glasvoliere eintreten könnten, und nicht nur das: Sie könnten unter dem Vogelgeflatter umhergehen und den Vögeln in die Nester schauen, wenn sie dann im Frühjahr welche bauen würden. Und mit der Zeit würden die Vögel solches Zutrauen zu ihnen fassen, daß sie sich wohl auf die Hände und Schultern setzen würden ... Sie selber würden zur großen, immer reicher werdenden Vogelfamilie dazugehören!

Das wurde ein großes Unterfangen: Der ganze Garten samt aller Rosenbüsche wurde einbezogen. Riesenhafte, extrastarke Glaswände wurden längs des Gartenzaunes aufgerichtet. Ein italienischer Glasermeister setzte ein Dach auf die Wände, das sich kuppelartig wölbte, es war aus bläulichem Milchglas. Eine raffinierte Klimaanlage versorgte die Vögel mit den besten Temperaturen, ohne ihnen jedoch immer nur eitel Sonnenschein vorzutäuschen: Die Anlage konnte leichten Wind und Nieselregen fabrizieren. So natürlich wie möglich sollten die Vögel leben, die Voliere war ja kein Gewächshaus für Orchideen.

Als ein großer Teil ihrer Ersparnisse auf diese Weise ausgegeben war, ging es an die Innenausstattung. Die Vögel flogen in der Glasvoliere umher und genossen ihr vergrößertes Leben, aber es sollte ihnen noch besser, noch ihrer Art entsprechender gehen. Abendelang saßen der Mann und die Frau in der Küche an der Glaswand zur Voliere und brüteten. Sie brüteten, lasen Vogelbücher, zeichneten Pläne, stritten sich und einigten sich schließlich auf folgende Gestaltung: Ein schmaler Kiesweg sollte sich durch die Anlage schlängeln, vorbei an kleinen Teichen für die Flamingos und Ibisse. Bananenbäume sollten da stehen und kleine Palmen für die exotischen Vögel. An den Glaswänden sollten Kletterpflanzen bis zur Kuppel hinaufwachsen und wieder lianenartig hinunterrankeln, damit sich die Finken und Zeisige darin schaukeln konnten. Um die Birke herum sollte das sonst kurzgeschorene Gras wilder wachsen dürfen, den Fasanen zuliebe und den Turteltauben. Eine kleine Felsmauer mußte die hintere rechte Ecke ausfüllen mit genug Schlupflöchern für die Schleiereule und den Wiedehopf. Die Brombeerhecke konnte bleiben, wo sie wuchs, die war das Richtige für den Zilpzalp. Und die zwei Kolibris durften sich ganz oben in der Kuppel ihr Nest bauen. Es würde eine ganz prächtige Voliere werden!

Als die letzten Rosen längs der linken Glaswand blühten, war alles fertig. Der Mann und die Frau nahmen die vielen kleinen Käfige, in denen die neuen und alten Vögel die Einrichtung hatten abwarten müssen, und öffneten die Gittertüren, daß die Vögel hinaus- und aufflogen, aufgeregt und verwirrt flatterten sie durcheinander, landeten kurz auf den Büschen und Bäumchen, um gleich weiterzufliegen, bis sie sich zurechtgeflogen hatten und Vogel-Ruhe einkehrte.

Nun gingen die beiden Volieren-Inhaber jeden Tag unter ihren Vögeln spazieren, ein paar Schritte nur von den Ibissen entfernt, füllten die Körnernäpfe, sorgten für frisches Wasser und standen lange auf dem Kiesweg, um zuzuschauen und zuzuhören, wie es gurrte und zilpzalpte, amselte und finkte.

Bald war die Voliere in der ganzen Stadt als ›Papagenohaus‹ bekannt, und viele Leute kamen, um sie sich anzuschauen, voller Bewunderung.

»Mit welchem Liebreiz sind beide aufeinander abgestimmt: die Vögel und die Voliere«, sagten sie.

Der Mann und die Frau ließen jedoch nur eine begrenzte Anzahl von Leuten täglich zu ihren Vögeln, denn sie wollten, daß die Vogel-Ruhe gewahrt blieb, und außerdem brauchten sie die Voliere für sich allein: Für die Studien, die anzustellen sie begonnen hatten. Es wurden wichtige Vogelbücher daraus.

Eines Tages saß die Frau in ihre Beobachtungen versunken auf dem Hocker unter einem Bananenbaum und reckte ihren Kopf in die Höhe. Oben in der Kuppel sah sie bunte Punkte flirren. Sie nahm das Fernrohr, schaute und erkannte die Kolibris, die dort mit wahnwitzig schnellen Flügelschlägen in der Luft zu verharren schienen. Ihr wurde bewußt, daß sie die Kolibris bisher ganz aus ihren Beobachtungen ausgeschlossen hatten, sie waren zu fern, zu klein, zu schnell – aber was für bezaubernde Dinger.

Sie stellte das Fernrohr schärfer und schärfer, kam aber den Konturen der Vögel nicht näher. Am Abend erzählte sie ihrem Mann davon, und sie kamen auf die Idee, einen gläsernen Balkon vom Dach des Hauses aus auf die Kuppel zu bauen, um von oben herab in die Kuppel hineinschauen zu können. Man mußte zwar dafür einen großen Teil des Milchglases durch normales Glas ersetzen, aber die Kolibris konnten jetzt hervorragend gesehen werden und auch die anderen Vögel.

Wo hatte man je zuvor einem Vogel von oben beim Fliegen zuschauen können! Es war doch wie im Himmel.

Jahre vergingen, und das tägliche Treppensteigen hinauf auf den Balkon wurde beschwerlicher. Doch noch fanden der Mann und die Frau es lohnenswert, sie saßen auf den Klappstühlen und schauten in die Voliere hinab, und manchmal kam es ihnen vor, als blickte ein Vogel zu ihnen hinauf.

Es war an einem Nachmittag im Herbst, als die Frau sich im Stuhl zurücklehnte und in die Wolken hochschaute, die eilig vorüberzogen. Die Sonne kam hervor und verschwand wieder. Der Mann sah es als Schattenspiel auf dem Kuppeldach. Plötzlich kamen einzelne, dunklere Schatten dazu, die der Reihe nach über das Dach glitten. Der Mann hob seinen Kopf und sah einen Kranichzug am Himmel, nicht weit von ihnen entfernt.

»Diese Vögel fliegen fort«, sagte die Frau.

»Und unsere sind immer da«, erwiderte der Mann.

»Aber viele von unseren Vögeln würden niemals überleben, wenn man sie im Winter hier freiließe: denke an die Kolibris!«

»Aber die Amseln und Finken würden versuchen, wieder Zugvögel zu sein.«

»Ich möchte gern, daß Zugvögel in unserem Garten abfliegen und ankommen können. Das möchte ich: Zugvögel.«

»Ich habe seit längerem auch daran gedacht – aber es ist mir ein Rätsel, was wir mit den Exotischen machen sollen. Wir können sie doch nicht nach Afrika transportieren.«

Der Mann und die Frau verließen den Balkon und telefonierten mit dem Zoo. In den nächsten Tagen verabschiedeten sie sich von den Vögeln, die dort weiterleben sollten, darunter auch die Flamingos. Ein paar von den anderen brachten sie in den Wald, zum Beispiel die Schleiereule. Und dann waren noch viele Zugvögel übrig. Die machten sich auf und davon, sobald das Kuppeldach abgebaut war.

Eine Weile standen die Seitenwände noch da.

Der Mann und die Frau gingen auf dem Kiesweg entlang, der vom Regen ganz aufgeweicht war.

»Ohne die Vögel komme ich mir hier zwischen den Wänden ganz eingesperrt vor«, sagte der Mann.

Die Frau nickte und schaute die überschwemmten Teiche an. Die Palmwedel hingen schwertropfend herab. »Wie armselig«, sagte die Frau.

Am nächsten Tag wurden die Bananen- und Palmbäume ausgegraben und verkauft. Dann kamen die Seitenwände fort. Und schon sauste der Herbststurm in den Garten hinein und riß an den Rosenbüschen und wirbelte den Kiesweg auf. Aber mit dem Herbststurm kamen auch die Vögel, die den Winter über nicht fortflogen: die Meisen, die Spatzen ... Der Mann und die Frau freuten sich sehr darüber und standen lange am Küchenfenster, um ihnen zuzuschauen.

»Ob sie bei uns im Garten bleiben?« fragte der Mann.

»Vögel bleiben nicht«, antwortete die Frau weise, »aber wir können ihnen ein Futterhäuschen bauen.«

Ja, da sie nun kein Papagenohaus mehr besaßen, unterschieden die beiden sich nicht mehr besonders von den Nachbarn: Wie alle anderen bauten sie ein Futterhäuschen und streuten Körner. Und als der Schnee kam, stapften sie wie alle anderen auch hinaus, mit Sonnenblumenkernen und ein paar talgreichen Meisenringen, die die Handschuhe beschmierten. Sie klopften den Schnee vom Dach des Häuschens und bliesen die leeren Körnerhülsen hinaus. Dann traten sie zurück, damit die Spatzen und Meisen herbeifliegen konnten, es waren vielleicht zehn oder zwölf, und gingen wieder ins Haus, um sich aufzuwärmen.

»Ich freue mich auf den Frühling, wenn die Zugvögel kommen«, sagte die Frau zu ihrem Mann, während sie den Weihnachtsbaum schmückten. »Dann singt unser Garten wieder.«

Am Abend saßen die beiden zum Feiern am Baum, die Kerzen brannten. Plötzlich gab es an der Küchentür ein Geräusch, und als der Mann aufstand und hinausschaute, kam ein Pfau hereingehuscht, in nervöser Würde lief er ins Weihnachtszimmer, seine Schleppe hinter sich herziehend. Da saß die Frau und war sehr überrascht. Sie dachte natürlich, dies sei ein Geschenk ihres Mannes, aber der dachte dasselbe von ihr – und während sie sich noch gegenseitig beteuerten, daß sie von nichts wüßten, jedenfalls von keinem Pfauen: Da schlug der Pfau ein prachtvolles Rad, genau neben dem Baum, und verneigte sich vor ihnen in seinem blau-schillernden Kleid.

# Mutterszeit

Meine Mutter war eine Frau der Eile. Sie hastete durch das Leben und ordnete die Dinge mit raschen Gesten. Über dem Morgen lauerte schon der Abend mit seinem unerbittlichen »vorbei«.

Diese Sache mußte jetzt schnellstens erledigt werden!

Gleich, dachte ich als Kind, gleich kommt jemand, und bis dahin muß alles fertig sein. Und so schenkte ich ihr all mein Bemühen, indem ich ihr half oder ihr in der übrigen, aber nie übrigen Zeit aus dem Weg ging, damit sie nicht etwa über mich stolperte auf ihrem Schaffensgang.

Ich überlegte mir, wer es wohl sein könnte, der von ihr die Erledigung aller Dinge noch vor Ablauf der Zeit erwartete. Es mußte einer sein wie ein König, der alle Macht besaß, denn wem meine Mutter gehorchte, der mußte wirklich sehr viel Macht haben. Vielleicht war er der König der Uhren. Er ließ sie ticken und stehenbleiben und er bestimmte auch, wann die Verkehrsampeln von Rot auf Grün und von Grün auf Rot umsprangen. Und davon hing ja alles ab, das sah man den Autofahrern an.

Es mußte ein König sein mit heimlichem Zepter, denn trotz aller offensichtlichen Hetze hatte es etwas Verstohlenes an sich, wie meine Mutter ihm diente. Es gab am Abend nur die Müdigkeit, keine Huldigung des Königs. Und gab es denn keine Belohnung für all die Mühen? Ein bißchen Stolz auf all das Geschaffte? Eine goldene Atempause vielleicht? Nichts da. Der Plumps ins Bett war alles, was zu hören war. Nach den geschäftigen Geräuschen des Tages ein kläglicher Schlußplumps.

Ich ballte die Fäuste im Kinderbett und begann, den König der Uhren zu verabscheuen. Und doch stand ich am nächsten Tag wieder unter seiner Herrschaft, die in meinem Fall gleichzusetzen war mit der meiner Mutter. »Mach das schnell!« rief ihr Blick, immer zielstrebig schon auf die übernächste Tätigkeit gerichtet.

Und ich wurde zur flinken Person.

Wir rannten beide an meinem Vater vorbei, der sich merkwürdigerweise nicht um das Zepter des Königs scherte. Er wandelte durch das Haus und saß viel. Kein Buch, das er las, nahm je ein Ende. Er blätterte die Seiten um, räusperte sich und tastete sich mit den Augen von einem Wort zum andern. Die Bedrohung, unfertig überrascht zu werden, schien ihm nicht klar zu sein.

Ich hatte Angst um ihn. Denn die Blicke, mit denen meine Mutter an ihm vorbeischaute, prophezeiten ihm nichts Gutes. Sie zeigten, daß seine Ruhe eine trügerische war. Und meine Mutter mußte es wissen. Sie mußte es besser wissen, so wie die Dinge lagen. Und sie lagen so, wie sie sie hingelegt hatte.

Ich konnte es deshalb unter keinen Umständen wagen, etwa ihm anstatt ihr anzuhangen. Wo kämen wir da hin, meine Mutter und ich!

Es war nicht auszudenken, denn es gab keine Zeit dazu. Ich mußte ja den Faden in die Nähnadel meiner Mutter einfädeln, denn ihre Augen ließen nach, und der Strumpf mußte jetzt gestopft werden, hatte der König der Uhren gesagt.

Viele Jahre stand ich unter solchem Regime und legte derweil in meinem Herzen ein Gärtchen an, in dem ich allein und frei lustwandelte, denn der König hatte hier keinen Zutritt, wie ich entzückt feststellte. Er blieb fern. Ich konnte ihn sogar beschimpfen! Es gediehen bald Ideen in meinem Gärtchen, von Groll gedüngt, Ideen davon, dem König später, wenn ich groß war, einen kühnen Hieb des Abschieds zu versetzen, ihm mit einem von Zeit gestählten Zeigefinger die Tür zu weisen: »Hinaus! Dies ist mein Refugium!« Triumphierend sah ich ihn schon sein monströses Zepter hinter sich herschleifen. Abgedankterweise würde ihm seine Krone auf der Türschwelle vom Kopf fallen. Ich würde sie mir nicht statt seiner aufsetzen, Königin wollte ich nicht werden, die Machthaberei schien mir zu anstrengend.

Während die Krone in meiner Phantasie noch so auf der Schwelle lag und lockte, schimmernd und prächtig, stieg ein Bild in mir auf, schwarz und siedendheiß wie Pech: meine Mutter kam da herbeigelaufen, wollte dem König nach und entdeckte die Krone, bückte sich und setzte sie sich auf den Kopf.

Ja, so würde es werden, wußte ich, und von nun an begann die Ahnung mich zu schmerzen, meine Mutter dann verlassen zu müssen. An einen Ort würde ich ziehen, meinem Herzensgärtchen gleich, ohne Zepter und Krone und ohne Zeit.

Schnell wie ich war, brauchte ich nicht lange danach zu suchen: kaum daß ich alt genug war, betrat ich ein Kloster, in dem ich saß und an Gobelins stickte.

Es war ein geruhsamer Orden. Doch wäre es falsch, zu behaupten, hier mehr Zeit gehabt zu haben. Wir hatten hier eben gerade nicht alle Zeit der Welt, sondern – im Gegenteil – waren ihr enthoben. Denn alles richtete sich nach ewigen Mustern: Sonnenauf- und -untergang regelten die Schlafenszeit; jeder Tag war eine Offenbarung des Höchsten für sich genommen; wir plapperten nicht wie die Heiden, sondern saßen schweigend über den Gobelins, die wir stickten und der Kirche als Altardecken verkauften. Und was da zwischen unseren emsigen Fingern zerrann, war nicht die Zeit, sondern die Hingabe.

Es bereitete mir lange großes Vergnügen, den Faden in die eigene Nadel zu fädeln.

Dann aber begann mich ein Gefühl zu verwirren, das ich für eine der Figuren meiner Stickerei hegte. Ich verarbeitete die biblische Geschichte von Maria und Martha mittels seidener Garne.

Nein, es war nicht die Gestalt der Maria in ihrer knieenden Stille; es war Martha, die im Hintergrund der Szene mit ihren Töpfen scheppert und scheel auf ihre Schwester schaut, Martha im schweißgebadeten Schaffen, die mich in Unruhe versetzte. Ich stickte ihre Dienstbarkeit in Rot und Orange, das waren grelle Töne, und wenn ich abends zu Bett ging, brannten meine Augen.

Ein Gefühl von Abwehr und Faszination zugleich überflutete mich bis zur Nadel, so daß diese nicht mehr so frei wie sonst ihre Stiche setzen konnte, sondern in meiner Hand zu zittern begann. Soviel Mühe ich mir auch gab, die Geschäftigkeit der Martha ließ sich nicht auf den Stoff bannen. Schon drei Mal hatte ich sämtliche Fäden wieder fortgeschnitten, um von vorn zu beginnen, denn immer geriet mir die Figur zu langsam. Entweder standen die Füße zu gebannt zwischen den grüngestickten Töpfen und ließen nicht die Spur eines Sprungs ahnen, oder das Gewand hing herab wie ein flaues Segel ohne den Wind der Hast.

Als ich schließlich der Äbtissin, die uns stickenden Schwestern vorstand, von meinen Schwierigkeiten berichtete, sagte sie: »Warum fängst du mit dem Hintergrund der Szene an? Beginne mit Maria und Jesus, die im Vordergrund beieinander sitzen.«

Die beiden Figuren gelangen mir dann gut und vor

allem sehr schnell. Die Nadel flog nur so über den Stoff. Im Nu war die Szene des Vordergrunds fertig. Die Eile hatte sie gestickt. Sie trieb mich zur Martha. Denn mit der Martha wollte ich fertig werden!

Aber wer hatte der Eile Einlaß in mein Herzensgärtchen gewährt? Zeitnot kannte ich in diesem Kloster nicht!

Der König der Uhren war auf einmal wieder da. Er mußte sich heimlich eingeschlichen und in die Fäden der Martha versponnen haben. Jetzt umgarnte er sie und stahl mir die Zeit, die ich vorher im Kloster gar nicht gehabt hatte, indem er meine Geduld zerlöcherte und zerstach wie die Nadel den Stoff: Die Martha geriet mir wieder nicht. Sie geriet mir wieder nicht. Der Stoff wirkte durch das wiederholte Auftrennen der Stickerei bereits ganz verzerrt.

Schon ballte ich die Fäuste vor dem Einschlafen, anstatt die Hände zum Gebet zu falten, und stand doch am nächsten Tag wieder unter seiner Herrschaft, die gleichzusetzen war mit der meiner Martha.

Wenn eine Mitschwester mich bat, mit ihr im Klostergarten Birnen zu pflücken, erwiderte ich: »Es tut mir leid, ich habe keine Zeit.« Was für ein schmähliches Bekenntnis!

War denn die Martha all meine Hingabe wert? Aber es war ja längst nicht mehr die Hingabe, die mich hier anspornte, sondern die Martha selbst. Sie hatte dafür eine Litanei, die sie mir fortwährend ins Ohr sang, es war die Litanei aus Kinderzeiten: »Mach schnell! Es wird Zeit!« Während meine Finger gehorsam eilten, erkannte ich mit zunehmender Schärfe und Bitterkeit, daß das eine Lüge war.

Niemals wurde Zeit! Zeit nahm ab. Ausnahmslos verflog sie! Bis zum Tode hörte sie auf und hörte auf.

Der König der Uhren war mächtig; meine Mutter hatte Recht behalten. Wie unsinnig, vor den beiden in ein Herzensgärtchen zu fliehen! Wenn das so ist, dann lasse ich die Martha fallen, dachte ich und warf in Empörung den Stoff unter mein Bett. Ich sticke sie nicht fertig. Ich habe sie verstanden. Jetzt ödet sie mich an.

Einen anderen Stoff nahm ich, ein anderes Motiv wählte ich: große gelbe Sonnenblumen. Eine Altardecke für Erntedank wollte ich sticken, bloß keine biblischen Figuren mehr, die die Zeitlichkeit zum Narren hielten, anstatt sie zu segnen.

Mit meinem Stickzeug setzte ich mich in den Klostergarten vor die großen Sonnenblumen, die als leibhaftiges Vorbild an der Mauer entlang wuchsen.

Hier saß ich viele Tage lang.

Der König der Uhren ließ mich vollkommen in Ruhe. Die unfertige Martha und er gingen mich nichts mehr an. Das Herzensgärtchen war wieder ganz mein Eigen. Hier führte ich die Nadel, wie es mir gefiel. Und wie gefiel es mir? Nicht mehr gut.

Ich begann auf einmal, unter meiner Haube zu schwitzen. Meine Gedanken wanderten von den Blumen fort über die Mauer. Bald war ich mehr dort als hier! Wo? Im geschäftigen Treiben draußen.

Manchmal fühlte ich mich nahe daran, die Haube vom Kopf zu nehmen. Die Tracht des Herzensgärtchens begann, mich einzuschnüren.

»Ich möchte eine Reise machen«, sagte ich zur Äbtissin, als die Erntedankdecke fertig war und die Sonnenblumen welkten. »Zu meinen Eltern.«

Das wurde mir sofort gestattet, denn die Äbtissin fand, daß ich meine Eltern viel zu selten mit einem Besuch beehrte. Auch schickte ich ihnen nur Briefe, keine selbstgestrickten Strümpfe wie meine Mitschwestern, was aber, wie ich mir sagte, vor allem daran lag, daß meine Mutter alle Strümpfe selber strickte und das mit großer Geschwindigkeit.

Ich packte ein paar Dinge zusammen, auch einen kleinen Korb voll Quitten aus dem Klostergarten als Mitbringsel für die Eltern, und fuhr mit dem Taxi zum Bahnhof.

Im Zug fand ich ein freies Abteil und setzte mich ans Fenster. Die Herbstsonne schien herein auf den Korb, den ich auf den Sitz neben mir gestellt hatte, und die Quitten prangten im Licht.

Der Zugschaffner verhalf mir zu einer sehr kurzweiligen Reise. Zuerst ging er zweimal an mir vorbei, ohne meine Karte kontrollieren zu wollen. Stattdessen warf er jedes Mal ein Auge auf meine Quitten, und schließlich kam er zu mir ins Abteil.

»Was für ein prächtiges Gelb!« sagte er und deutete mit seinem Kartenknipser auf die Früchte.

»Die Bäume in unserem Klostergarten tragen dieses Jahr besonders gut«, antwortete ich.

»Es kommt ja wohl auf die gelungene Ausreifung an, nicht wahr, gerade bei Quitten«, meinte er. »Man darf sie nicht zu früh und nicht zu spät pflücken. Und ich seh schon: Sie haben genau den richtigen Zeitpunkt erwischt.«

Wir unterhielten uns so eine Weile hin und her, der Schaffner schien meine Karte ganz vergessen zu haben. Er setzte sich sogar mir gegenüber und erzählte mir von den Pflaumen in seinem Garten, die leider voller Würmer seien.

Da griff ich in meinen Korb, nahm eine große Quitte und reichte sie ihm hinüber.

»Da, nehmen Sie die zur Entschädigung für Ihre Mißernte!«

Er lachte und bedankte sich und spielte mit der Frucht in seiner Hand.

»Was für eine große Hand Sie haben!« rief ich plötzlich aus. »Die Quitte verschwindet fast darin, wenn Sie sie mit der Hand umschließen.«

Jetzt strich er mit dem Daumen über die Schale.

»Dieser feine Pelz, der noch über der Frucht liegt – wie Wachs, nicht wahr.« Die Schicht bröselte unter seinen Fingern weg, bis die Quitte glatt und nackt in seiner Hand lag.

»Ihre Frau soll sie für Sie zuckern«, schlug ich vor.

»Welche Frau?« fragte er mit zwinkerndem Auge. »Die muß ich mir schon selber zuckern.«

Der Zug raste durchs Land. Wir saßen da und lauschten auf das Geklopfe der Geleise.

Dann erhob er sich, warf die Quitte hoch in die Luft wie einen Ball und fing sie mit der anderen Hand auf, um mir seine Rechte zum Abschied zu geben.

»Guten Appetit«, sagte ich.

Als er fort war, setzte ich mich auf einen anderen Sitz, denn mir war da am Fenster in der Sonne doch recht warm geworden in meiner Tracht.

Meine Mutter, als sie den Korb mit Quitten sah, überlegte sogleich, auf welche Weise sie die Früchte am besten verarbeiten sollte, eingekocht, als Paste oder als Gelee. Gleich nach dem Begrüßungstee sprang sie auf, lief in die Küche und kam mit einer großen Schüssel und zwei Messern zurück, wovon sie mir eines in die Hand drückte.

»Hilfst du mir? Dann sind wir schneller fertig«, sagte sie und fing an, der nächstbesten Quitte die Schale abzuschneiden.

Ich dachte daran, wie der Schaffner den Pelz mit seinem Daumen abgestrichen hatte, und zögerte.

Der König der Uhren schwang hier noch immer sein Zepter. Er schwang es souverän und selbstverständlich wie die Standuhr in der Ecke ihr Pendel.

Mein Vater führte seine Teetasse zu den Lippen und räusperte sich. »Hattest du denn eine gute Fahrt?« fragte er mich.

»Oh ja«, antwortete ich, »sie ging sehr rasch vorbei. Ich habe mich gut unterhalten.«

»Mit wem denn?« wollte mein Vater wissen.

»Mit dem Schaffner«, sagte ich. »Er hat sich vor allem für meine Quitten interessiert.«

Meine Mutter schob eine Frucht zu mir herüber. »Bitte, wenn du mir hilfst, können wir sie noch heute abend einkochen.«

Das Gefühl von Abwehr und Faszination stieg in mir auf und breitete sich aus, bis es der Empörung glich, mit der ich die Martha-Stickerei unter das Bett geschleudert hatte.

Meine linke Hand umkrallte die Quitte, in der rechten hielt ich das Messer, mit dem ich mich – jetzt ganz schnell! – ans Schnippeln machen sollte.

Da warf ich die Quitte hoch hinauf, fast bis an die Wohnzimmerdecke. Meine Eltern guckten beide auf und schauten mir zu, wie ich blitzschnell das Messer weglegte und die herabfallende Quitte auffing.

Am Spätnachmittag, als die Früchte kochten, setzte meine Mutter sich ihren Hut auf und schlug vor, noch rasch einen Abendspaziergang zu machen, ehe die Sonne unterging.

Sie öffnete die Haustür.

Scharfer Wind blies herein und riß ihr den Hut vom Kopf.

Da lag er auf der Schwelle.

Nein, dachte ich, ich werde ihr die Krone nicht aufheben.

Der Wind, noch ehe meine Mutter sich bücken konnte, nahm den Hut und fegte ihn hinaus in den Garten.

»Uiii!« rief meine Mutter.

Ich trat vor die Tür und sah ihn über den Rasen rollen.

»Er verdirbt!« rief meine Mutter.

Da rannte ich ihm nach, rannte und rannte übers Gras, mit dem Wind, mit dem wirbelnden Laub, mit dem Hut, und fing ihn und setzte ihn – ganz aus der Puste – meiner Mutter auf den Kopf.

»Wie du laufen kannst in deiner Tracht!« sagte sie.

Wieder ins Kloster zurückgekehrt, holte ich den Stoff unter dem Bett hervor und stickte die Martha zuende.

Ein paar Monate später verließ ich das Kloster.

## Ina Zwebicky

Am Fenster sieht man Ina Zwebicky stehen, halb schaut sie hinaus, halb in den Saal hinein. Dort ist Nacht und hier Fest, und von hier aus kann sie alles gut übersehen: am Saalende links die Eingangstür, durch die immer noch mehr Menschen hereinkommen.

Ina Zwebicky trägt ein Kleid aus Seide wie von Morgenrot, mit dünnen silbrigen Streifen, und wenn sie sich hin- und herbewegt, um nicht nur links die Tür, sondern auch rechts die Musiker der Kapelle ihre Instrumente auspacken zu sehen, dann raschelt der Stoff.

Da kommt Peter W. und setzt sich gleich in die Nähe des Bierfasses, umherschauend und grüßend, Rosina K., und diese und jene, und wie sie alle heißen, weiß Ina Zwebicky nicht, aber die Gesichter kennt man doch.

Fast alle. Dahinten die Person ist allerdings fremd, jedoch mit einem ausgesprochen bibliohumanen Gesicht. Dieser Ausdruck stammt aus ihrer persönlichen Fremdwörterkartei, bibliohuman: menschlichsympathisch in Verbundenheit mit dem Buch.

Ina Zwebicky schaut wieder aus dem Fenster, bis sich eine Bekanntschaft nähert samt einer Bekanntschaftsschließung, gleich ungezwungen mitgekommen heute hierher. Ja, warum nicht! Julian H., Polizist, aha. Das Fest lasse sich ja heiter an, findet man, und eine schöne Beleuchtung und Bedienung! Zwinkern macht das Weitergehen leichter.

Ina Zwebicky bleibt aber stehen. Lassen wir sie, wenn es ihr da so gut gefällt, gehen wir mit den beiden anderen weiter, sie begrüßen nun zwei Paare, rechts, die ernst und verloren standen, und nun, in den Mienen, zuckt die Höflichkeit auf bei der Vorstellung von Julian H., Polizist. Das wissen wir nun aber doch! Interessanter ist es vielleicht dahinten an der Stufe zum Tanzparkett, gleich bei den Musikern, die eben ihre Einstimmerei beginnen: Klarinette, Klavier, Trompete, einszwei, einszwei, einszwei –.

Da steht Külva Abendbach. Mit ihrem Lächeln. Külva Abendbach hat neue Schuhe an, was gerade lobend beachtet wird in ihrer Schar, und sie betont dann, sie drückten noch. Daß das bei neuen Schuhen ja so sei, meint man, und Külva schafft die Anknüpfung an ein anderes Thema: Sie werde sie eintanzen, die Schuhe – der Tanz, ja, ein weites Feld eröffnet sich da, Rumba, oh Tango, und die Tanzschule früher, im Hochsommer, und ein einziger Ventilator mitten im dunstigen Raum.

Da kommt Külvas Gilbert angeschlittert, packt sie am Arm und zieht sie hinauf aufs Parkett – der erste

Tanz werde aufgespielt – und weg ist sie, lacht noch über die Schulter ihrer Schar da unten zu.

Oh Wirbel und Röcke und Töne und Glanz! Die armen Mauerblümchen. Jede hält für sich selbst eine Ausrede bereit, warum sie nicht jetzt auch tanzt. Ihre Unabhängigkeit betonend, sind sie nicht zu nah beieinander. Die eine schaut gebannt zur Tür, als erwarte sie da *ihren* Tänzer (oder als wolle sie am liebsten hinaus?), die andere lehnt scheinbar gelassen zwischen den Spiegeln an der Wand und lächelt hinüberweg, und eine andere verschwindet rasch, geschickt sich vertuschend.

Es gibt aber auch noch ganze Grüppchen und Pärchen, die dem Tanz nur zuschauen oder nicht einmal das. Sie stehen da, miteinander oder herum, mit Glas oder ohne, gesprächig oder stumm oder beides, der Tanz interessiert sie von ferne oder als Hintergrund, sie amüsieren sich oder nicht und halten sich zugute, am Fest – so oder so – teilzuhaben.

Die Musik endet in den höchsten Tönen. Külva Abendbach kommt vom Tanz zurück, geht – mit einem wütenden Auge – an ihrer Schar vorbei in den Teesalon, zieht sich im Eilen einen Schuh aus, und an der Theke setzt sie sich auf den Barhocker, läßt das beschuhte und das unbeschuhte Bein baumeln und untersucht den Schuh in der Hand. Er ist blau und fein, voilà, aber er hat ihr eine Blase verschafft am Fuß, und sie bittet um einen Stein.

»Einen Stein?« – »Ja, oder einen Hammer.«

Da thront sie dann an der Theke im Teesalon und bearbeitet den Schuh mit einem kleinen Hammer, die gemeine, blasenverantwortliche, falsch geschusterte Stelle.

Lilo M. kommt herein, fliegender Atem und Durst. Heißa, ruft sie, und daß sie ein Weinchen brauche *und* ein Wasser, ja beides zugleich. – Wo sie denn Götz gelassen habe? – Im Rauchzimmer. – Da? Das gibt es auch? – Alles da, was das festende Herz begehrt. Sogar ein Hammer! – Külva Abendbach schwenkt ihn grüßend herüber, legt ihn dann auf die Theke, zieht sich den Schuh wieder an.

Lilo M. läßt ihre Halsketten klackern, als sie sich vorbeugt, um das Weinchen zu schnuppern.

Und wen haben wir da? Karola Kutzi. (Sie hat übrigens eben mit dem Polizisten, Julian H., getanzt.) Schön und groß und sehr stilläugig. Gestern war sie noch krank, fibrös, und schon ist sie wieder da, steht neben dem Bier-Peter – der Polizist schaut mißtrauisch von ferne –, läßt sich kein Fest entgehen, erst recht nicht ein solches wie dieses, das, wie Ina Zwebickys Gegenüber eben findet, doch ganz annehmbar ist, so fröhlich, und man muß ja gar nicht jedem Guten Tag sagen. (Es ist das bibliohumane Gesicht, sie hat es doch tatsächlich kennengelernt – wir fragen uns, wie sie denn das geschafft hat!) Nein, gewiß nicht, meint Ina Zwebicky, aber sie weiß nicht, was sie noch sagen soll, und guckt oft und ausgiebig zu ihrem Fensterplatz drüben, als säße sie jetzt doch lieber da. Warum geht sie dann nicht?

Rechts, wo die Vorhänge zusammengeschoben sind und rote Gladiolen stehen, befindet sich die berühmte ernste Ecke, ohne die es nicht geht. A. hat das Wort, wie man sieht, sie schüttelt langsam und redend den Kopf und bietet dann in vornehmer Ratlosigkeit den beiden anderen das Ohr, die beide gleichzeitig anfangen zu reden und einander dann mit einer gelassenen Handbewegung Vorrang geben wollen, bis schließlich A. weiterspricht, mit Augenaufschlag mal hierhin, mal dahin und meistens zu Boden. Es geht etwas Erschütterndes aus von dieser Ecke. Eine klassische Lebensergebenheit auf Samt. Die drei werden, da sind wir beruhigt, ihre Perspektive heute noch finden, denn das Fest hat für jeden etwas.

Endlich erwischen wir die Gastgeber, Herrn und Frau Sl. Vielen Dank. Es wird gleich ein Spiel geben, hört man und huscht schnell in die Ecke gegenüber der ernsten, um nicht etwa für einen dieser bloßstellenden Schabernacks herhalten zu müssen.

Ausgerechnet Külva Abendbach und die arme Ina Zwebicky sind es, denen es dann irgendwie zustößt. Man hat sie einfach ergriffen, Külva Abendbach will sich wehren, aber Gilbert findet das albern, und Ina Zwebicky muß sich von dem bibliohumanen Gesicht trennen, erschrocken und über und über morgenrot. Sie kommen in die Mitte, mit schwarzen Tüchern vor den Augen, und müssen sich fangen. Die Gästeschar steht klatschend und lachend: jetzt aber haarscharf, und jetzt mit ausgestreckten Armen aneinander vorbei, zum Brüllen, und jetzt, beinahe, beinahe, aber jetzt wieder gar nicht, soo ein Abstand, ein tastendes Herumstehen eher als ein Suchen, bis sie sich endlich, wie instinktiv, ganz genau aufeinanderzu begeben und sich – oh Finderglück!– in die Arme fallen. Das hätten sie ja ohne diese Tücher niemals getan!

Ina Zwebicky nimmt ihres auch sogleich ab, pustend und rotbackig, und schaut verschämt lächelnd zu Külva Abendbach, die ihr mit ihrem Tuch zuwinkt und dann den anderen und strahlt, als hätte sie wer weiß was gefunden, dabei ist es nur Ina Zwebicky, und die mußte ihr auch noch entgegenkommen.

Nun wollen gleich noch andere Paare in die Mitte, das Spiel hat Erfolg, das ganze Fest hat Erfolg, man merkt es an der eigenen Glut und an den Augen der anderen und an der gelassenen Gastgeberschaft.

Übrigens hat sich sogar die ernste Ecke zum Zuschauen begeben; sie geht zwar nach dem Ina-Külva-Halsfall wieder zu den Vorhangfalten zurück, aber wir glauben doch in ihren Mienen eine Tendenz zur Neugier zu entdecken.

Schließlich, als die Lichter schon schwirren und der Saal taumelt, humpelt Külva Abendbach mit Gilbert und Lilo M. bei Ina Zwebicky vorbei.

Dieser Schuh!

Sie habe vielleicht ein Pflaster, sagt Ina Zwebicky

und kramt wirklich eines hervor. Külva Abendbach zieht sofort den Schuh aus und klebt das Pflaster auf die Blase.

So wird es wohl gehen, vielen vielen Dank!

# Ida Balevim

An einem Oktobertag entschlief Schmul Balevim in einem Alter, das man noch nicht unbedingt als gesegnet bezeichnen konnte: Noch jung genug, um weiterhin Oberlehrer zu sein, zu alt jedoch für die Ernte der Birnbäume, die nun zum Ästebersten voll in seinem Garten standen. Es war der schönste Birnengarten des Dorfes, aber Ida Balevim blieb allein damit zurück und konnte doch nicht hinaufklettern und pflücken, zumal in Trauer. Dieses war aber nicht das, was von sich reden machte, denn natürlich half die Jugend nun bei der Ernte, und das Einkochen war ja schon immer Idas Sache gewesen, das sie auch jetzt besorgte, in Trauer. Der Grabstein, den Ida ihrem Mann auf sein Grab stellen lassen wollte, der war es, der von sich reden machte.

»Schmul Balevim« – nur der Name, so wollte es Ida, nur der sollte eingraviert werden in den einfachen Stein. Und darunter ein wenig Platz für sie, wenn sie dann einmal sich dazuzulegen kam. Ida, in Trauer, kochte Birnen ein, und die Jugend stand in den Bäumen und pflückte die letzten Früchte, als der Steinmetz mit dem Fahrrad kam, an Idas Küchenfenster klopfte und sagte: »Ida Balevim, du kannst kommen und den Stein angucken, er ist fertig.«

Ida schaute still auf und nickte und sagte »Gut« und »Danke«, und da sie über den Preis sich schon einig waren, gab es nun nichts mehr zu tun, außer daß die letzten Birnen hineingetragen wurden und Ida ihre Arbeit stehenließ, sich die Hände wusch, die Schürze abnahm und dann mit ihrem Fahrrad zur Steinmetzerei fuhr, in Trauer.

Der Stein stand bei der Ulme am hinteren Eingang, schwer und ewig, und eingraviert der Name ihres Mannes. Sie sah, daß der Stein gut war; der Name aber hatte einen Fehler. Schmul Balevim hatte ihr Mann geheißen, hier aber: Schmul Balevin. Das war sehr anders, aber Ida nahm es hin, denn es gefiel ihr, zumal in Trauer, es gefiel ihr gut.

Eine Weile stand sie da und schaute auf den Stein und um sich und auf die Ulme und auf den Stein. »Schmul Balevin«, sagte sie, »Balevin«. Dann ging sie und fuhr zum Rathaus und sagte dem Bürgermeister, daß sie ihren Namen ändern müsse. Das gab ein Hinundher und viel Unverständnis, wie es zum Rathaus gehört, und einige Köpfe schüttelten sich, bis in Idas Ausweis auch Balevin stand, denn warum nicht lieber den Grabstein ändern?

»Nein«, sagte Ida Balevim und dann »Danke« und »Gut«. Dann fuhr sie nach Hause, Ida Balevin, in Trauer, und kümmerte sich um die restlichen Birnen und darum, daß die Menschen lernten, wie sie hieß.

Sie lernten es schnell und grüßten sie sehr endbetont, denn es machte von sich reden.

Viele dachten zum Beispiel, sie habe so unter der Fuchtel Schmuls gestanden, daß der sogar noch vom Grabe aus die Befehle erteilte, und viele überlegten sich, daß Ida die Sache selber eingefädelt habe, damit sie von nun an ein anderes Leben führen könne. Aber das sei ja übertrieben, fielen die anderen ins Wort, es sei doch nur der eine kleine Buchstabe am Ende des Namens, und Ida sei auch dieselbe, wenn auch in Trauer, zum Beispiel habe sie wie immer alle Birnen eingekocht, und der Steinmetz betonte, daß es sein Fehler gewesen sei und daß er bei Ida gewesen sei und sich auch entschuldigt habe.

Was sie denn gesagt habe.

»Danke. Es ist gut so, wie es ist«, habe Ida Balevin gesagt.

Das fand man doch seltsam, aber man gewöhnte sich daran und sagte: »Guten Tag, Ida Balevin«, und dann machte wieder etwas anderes von sich reden.

## Olga und Minta in der Küche

Nebenan die Standuhr tickte. In der Dachrinne gluckste der Regen. Es war warm in der Küche mit den beschlagenen Fensterscheiben, wo auf dem Herd die großen Töpfe vor sich hinköchelten. Unter den Deckeln dampfte es hervor und zischte ab und zu. Es roch auch gut: herbsauer, nach Quitten. Die wurden geschält, geschnitten, eingekocht von den beiden Frauen in grünen Schürzen, von Olga und Minta. Auf dem Tisch lag ein großer Berg der gelbsten Quitten, prächtige Früchte mit dickem Samtüberzug und sanften Wölbungen. Einzelne hatten noch Stiel und Blatt und sahen nach Garten aus. Eine von diesen hielt Olga eben in der Hand.

»Es tut mir jedes Mal leid, eine Quitte mit Blatt zu zerschnippeln«, sagte sie.

»Warum das?« fragte Minta.

»Ich weiß nicht, Minta. Aber vielleicht weil das Blatt die Quitte so lebendig macht, oder was meinst du?«

»Das Blatt doch nicht!« Minta schüttelte den Kopf und schnitt flink die Schale von einer Quitte, ringsum ohne abzusetzen, so daß eine quirlig gedrehte Schlange entstand. Olga legte ihre Quitte aus der Hand, ganz an die Kante des Tisches, und nahm eine blattlose, um weiterzuarbeiten. Die beiden Frauen schwiegen wieder. Als die Standuhr nebenan schlug, hatte Olga schon eine ganze Reihe Quitten mit Blatt aussortiert und nebeneinander auf den Tisch gesetzt. Minta sah es und schmunzelte in sich hinein. Der Regen in der Dachrinne floß schwächer, hörte dann ganz auf. Olga schaute rasch über ihre Schulter zum Fenster hin.

»Minta, sag: Was wünschst du dir, jetzt eben in diesem Moment?«

Minta beugte sich tief über ihr Messer und beim Wiederaufrichten und Hochschauen sagte sie: »Einen Regenschirm.«

»Dabei regnet es gar nicht mehr!« Olga ärgerte sich, daß Minta sich nur einen Regenschirm wünschte, obwohl es nicht mehr regnete und sie außerdem hier in der trockenen Küche saßen, und vor allem sollte Minta lieber mal fragen, was sie, Olga, sich wünschte. Aber Minta war aufgestanden und machte sich an den Töpfen zu schaffen. Dann setzte sie sich wieder und griff eine von den feinen Blattquitten aus der Reihe. Olga ließ es geschehen, seufzte aber dazu.

»Ich möchte einen Garten haben«, sagte sie schließlich, als Minta gar nicht fragte.

»Na fein! Dann kannst du mit meinem Regenschirm in deinem Garten spazierengehen.«

»Aber nicht bloß einen Garten: Ich möchte einen Quittenbaum haben und einen Holztisch darunter, dazu ein paar Hocker. Im nassen Gras sollen die Nüsse bei den gelben Blättern liegen.«

»Welche Nüsse, wenn du einen Quittenbaum hast?«

»Die vom Nußbaum, vom Walnußbaum, der in der Nähe steht. Er steht vielleicht im Nachbargarten und läßt ein paar Äste zu meinem Quittenbaum herüberragen.«

»Ah, so ist das«, sagte Minta.

»Ja«, antwortete Olga, »und ich möchte Pilze beim Kompost in der Gartenecke stehen wissen. Und genau sehen, wie der Mond an der Tanne hängt.«

»Aber wenn der Mond da ist, wirst du nicht mehr an dem Holztisch sitzen können. Es wird viel zu kalt dafür sein.«

Minta hatte inzwischen fast alle Quitten aus Olgas Reihe verschnippelt. Drüben auf dem Büffet standen dampfende Gläser mit den eingemachten Früchten.

»Ich werde ja einen kleinen Balkon haben«, sagte Olga, »auf den ich am Frühabend treten kann, um den Vögeln die Brosamen hinzuwerfen.«

Die Standuhr schlug.

»Fertig!« sagte Minta, als die letzte Quitte verarbeitet war.

»Jetzt essen wir gleich ein wenig davon«, schlug Olga vor.

»Setzen wir uns dazu auf deinen Balkon«, sagte Minta.

Die beiden Frauen lachten.

# Frau mit Anemonen

Eine Frau kaufte auf dem Markt zuerst ein paar Äpfel und entdeckte dann einen Topf mit Anemonen. Sie entschloß sich schnell und kaufte zwei: zwei blaue Anemonen. Sie trug sie heim, am Deich entlang, an dem still wie das Watt das alte Jahr lehnte. Das Meer lag weit draußen und wartete, das Watt dehnte sich aus, glänzte grau, die Wolken hingen tief über allem. Links vom Deich ging es grüner in die Ebene hinein, fast baumlos, Hecken, Gräben, ein paar Häuser, die heute noch einsamer standen, weil die Kühe fehlten.

Es war immer so, daß die Kühe im Stall überwinterten, aber heute fehlten sie doch. Die Frau meinte, heute alles beisammen haben zu müssen, was dazugehörte. Daß die Möwen flogen und kreischten und flogen, jahreszeitenlos, machte sie zufrieden. Die Möwen flogen übers Land und übers Watt, sie kannten den Deich nicht.

Die Frau kam ins Schlendern. Der Tag war der letzte des Jahres und Müßiggang gehörte zu ihm, schon seit den Weihnachtstagen gab es nichts mehr zu holen, aber auch nichts mehr zu verlieren. Die Frau ging langsam und holte sich einen Apfel aus der

Tasche; dabei knisterte das Papier mit den Anemonen, und die Frau freute sich und fand es eine gute Idee, sie gekauft zu haben, und sie wußte schon, warum.

Sie blieb stehen und biß in den Apfel und drehte sich um, daß sie gegen den Wind gelehnt stand, der ihr den Mantel fest andrückte und scharf an ihr hochfuhr. Sie sah das Dorf daliegen, schon ein gutes Stück zurückgelassen, der Wind verschluckte alle Dorfgeräusche. Wenn man die Häuser einzeln ins Auge faßte und dabei wußte, wer in jedem wohnte, wirkten sie nicht ganz so kleingeduckt am Deich, fand die Frau, drehte sich dann um und hatte es plötzlich eiliger. Mag sein, daß es vom Wind kam, der allmählich zu frisch fegte, vielleicht aber auch, daß die Geruhsamkeit heute doch trügte, jedenfalls nicht so angebracht war wie gestern noch. Es war doch entschieden etwas anderes mit diesem Tag, gestern hätte sie sich auch keine Anemonen gekauft.

Die Frau ging rascher, kaute rascher den Apfel und sah nicht mehr so oft zu den Möwen hin. Sie hatte offensichtlich etwas ins Auge gefaßt, das ferner lag als die Windmühle, an der sie gerade vorbeikam. Im Augenwinkel sah sie aber doch, daß das Mühlencafé heute geschlossen hatte, und fand, daß der Besitzer recht hatte, ging selber aber nun sogar noch schneller.

Es kam so, daß sie genau dann vom Deich hinunter mußte, als der Apfel aufgegessen war. Sie nahm den Apfelrest, und hier bei der Treppe, die auf die Deichstraße unten führte, warf sie ihn ins Watt hinaus, nicht sehr weit, egalwohin, aber sie schaute doch, wie er landete, blieb noch einen Augenblick und schaute und lief dann die Treppen hinunter, über die Straße, den Seitenweg hinein, wo ein paar Häuser standen, das eine davon war ihres.

Im Haus, gleich als erstes, wickelte sie die Anemonen aus und stellte sie in ein hohes Glas mit Wasser. Die beiden blauen Blumen, langstielig.

Und wohin jetzt stellen? Auf den Tisch vorm Fenster. Die Frau rückte das Glas hin und her, bis es so stand, wie es stehen sollte.

Dann kam das Rasche wieder zu ihr, sie hatte dies und das zu tun und lief im Haus herum, das sie heute ganz für sich allein hatte. Ihre Schritte auf den Dielen, und in der Küche stand sie eine Zeit, Gerüche um sie her, sie trug den Teller in das Zimmer, bedächtig und hungrig, und aß am Tisch bei den Anemonen. Eine von ihnen neigte sich nach hier, die andere nach da, die Blüten noch verhalten, und gleich darunter die Halskrause der fransigen Blätter.

Man konnte sich fragen, warum sie es vorhin auf dem Deich plötzlich so eilig gehabt hatte, wenn man sie hier so lange sitzen sah. Der Teller war längst geleert, und die Frau saß noch und hatte den Kopf auf die linke Hand gestützt, den rechten Arm weit ausgestreckt auf dem Tisch liegen, die Hand nah am Anemonenglas.

Vielleicht war es wieder das Schlender-Gefühl. Oder es war ihr eine Art Nachtisch, lange in Ruhe zu sitzen. Sie schaute auf den Tisch und dann am eigenen Arm entlang zu den Anemonen hin, und während man vorhin ihrem Gesicht keinen deutlichen Gedanken entnehmen konnte, sagte es jetzt genau so viel wie: »Diese Anemonen – wie sie da stehen, aufrecht geneigt, würde ich sagen«. Als sie aufstand, nahm sie etwas davon mit, das sich allmählich, im Lauf des Nachmittags, in ihren Beschäftigungen verlor; man könnte aber auch sagen, daß es in ihnen aufging.

Zuerst waren es wieder haushaltliche Dinge, die gingen ihr schnell von der Hand. Einmal hatte sie den Wunsch, Staub zu wischen, aber es war nicht so staubig. Doch wie sie vorhin schnell entschlossen die Anemonen gekauft hatte (und gut daran getan hatte, wie sie immer wieder fand, die Blumen waren ihr ständig gegenwärtig), so zögerte sie auch jetzt nicht, hatte schon das Staubtuch in der Hand. Auf den Möbeln entlangstreichend, war ihr Schritt langsam, geriet bald ins Wiegen und Wippen, und sie mußte dabei an etwas ganz Bestimmtes denken, so wie sie jetzt aussah. Sicher hatte sie wieder das ins Auge gefaßt, was ferner lag als vorhin die Windmühle und ferner auch als jetzt das bißchen Staub. Ja, es mußte sich um dasselbe handeln, denn nun – sie hatte gerade um das Anemonenglas herumgewischt und -gewippt, die Sonne im Fenster und das Blau der Blüten durchsichtig wie Libellenflügel – nun war da wieder die Eile. Sie jagte den Staub aus dem Haus, öffnete die Tür, ließ den Wind herein, Tür wieder zu – und dann holte sie das Kleid aus dem Schrank. Es war ein sehr schönes Kleid, ein grünes, ganz grünes, und die Frau war versunken in den Anblick, während sie bügelte, in den Stoff und in diesen kleinen Kragen, und sie stellte sich vor, wie sie es nachher tragen würde. Sie bügelte es sorgfältig, das Kleid wurde immer grüner, leuchtender trat die Farbe hervor. Jetzt geriet die Frau wieder in den Wippwiegeschritt, sie schwenkte das Bügeleisen ausholend, wurde wieder langsamer, und man konnte zusehen, wie ihre Augen das Grün ließen und hinüber zum Tisch schweiften, wo die Anemonen standen. Die beiden Blüten waren inzwischen aufgegangen, unterschiedlich weit, die eine ausladend, jedes Blütenblatt ein Eigenes, die andere Blüte zurückhaltender, dichter.

Ihre Farbigkeit jetzt vor dem Dämmerlicht des Fensters, das Anemonenblau so stark wie das Grün des Kleides, zu dem die Frau nun wieder hinsah und dann wieder zu den Blumen und wieder zum Kleid. –

Später zog sie die Vorhänge zu und machte Licht, saß eine Weile am Tisch, schrieb etwas auf, das Mühe kosten mochte, denn sie blickte nicht auf und wenn doch, dann sah sie kaum einmal die Anemonen und atmete so still, daß man gern für sie Luft geholt hätte.

Als sie aufstand und das Schreibzeug weglegte, kam ihr das Haus leerer vor, und sie stellte sich ans Fenster und guckte hinter den Vorhang in den schwarzen

Abend. Sie sah das alte Jahr im Abschied daliegen. Es mußte nähergerückt sein, über den Deich bis vors Fenster.

Sie hätte jetzt gern wieder alles beisammen gehabt, was dazugehörte, die anderen fehlten, eine Weile waren die Anemonen zu still und das Kleid, das noch am Schrank hing, zu grün.

Als es aber an der Zeit war, konnte man sehen, wie sie sich aufmachte, um fortzugehen. Dazu gehörte es, daß sie mehrere Male in grün-kleidsamer Bewegung am Spiegel vorbeiging, der ihr heute ausnahmsweise ehrlich schien (er lobte sie).

Nun durfte sie nur eines nicht vergessen: die Anemonen.

Aber daran brauchte man sie nicht zu erinnern, denn sie ging jetzt zu ihnen, holte sie aus dem Glas – ein paar Tropfen auf den Tisch –, schaute sie an, ihre Blüten weit und blau geöffnet, ihre langen Stiele oben leicht gebogen, und sah, wie sie sich zum Kleid tragen ließen. Blau und Grün. Das Fest wartete, das neue Jahr wartete auch. Die Frau sputete sich.

# Ihr Tag

Manchmal, morgens, steht sie eine Weile am Fenster und schaut in den Garten oder schaut in den Himmel. Gleichgültig der Gegenstand ihrer Ausschau, sie sucht ja nur den Tag. Da nehmen ihre Hände eine von den großen Muscheln von der Fensterbank, spielen leiseleicht damit, ohne daß sich ihr Blick dazugesellt. Die Muschel bleibt in der Händehöhle, die sie formt und bis unters Kinn hebt, das sie dann senkt und auf den Händen ruhen läßt. Die Muschel und sie, morgens am Fenster, und der Tag, eher draußen als hier.

Aber wie sie wach lebt, dann!

Alles Nacht-Stumme abgelegt, nein: fortgeschmissen, rauft sie sich mit dem Tag: Fahrrad fahrend, der Kies springt vor ihr zur Seite, die Steine ducken sich unter ihren Rädern, knirschen mit den Zähnen vor Demut. Und nachmittags, wenn sie dasitzt, die Geselligkeit selbst, auf dem Korbstuhl unter dem Kirschbaum, die Katze auf dem Schoß, die kräftig gestreichelt wird mit einer Hand, stramm über das schnurrende Gesicht und über die Kratzpfoten, die sich in ihrem Rock verkrallen; die andere Hand muß gestikulieren, sie muß das, die Worte gebieten es, aufgefangen zu werden und hinübergestoßen mitten in das Gespräch um den Tisch mit den Gläsern.

Die Hand fühlt und spürt und unterstreicht, schnipst und reißt sich wütend zusammen, knallt auf den Tisch (die Katze schüttelt sich und schlägt nervös einmal mit dem Schwanz), hebt die Finger abwägend und kreisend und liegt dann auch einmal sacht im Schoß neben der Katze wie das Schweigen.

Und wenn sie zuhört: ihr Gesicht ist ausgeliefert jedem Wort und muß es spielen. Sie hört mit den Augen, die morgens kaum den Tag gefunden, und verschwindet in dem, was sie da sieht. Ihr Mund ist bewegt, unmerklich verziehen sich die Lippen wortfürwort, die Nase erschrickt, die Wimpern lächeln, das Kinn staunt, die Ohren lachen.

Lachen – ja, und dann tut sie dies so gern! Beide Hände heben sich (die Katze guckt erschrocken um sich und sträubt ihr Fell samt Kralle und gähnt), beide Hände, und schlagen glatt an die Wangen, die sich dehnen, wenn der Mund aufstaunt und dies kullernde Lied aus dem Bauch steigt und herausplatzt. Ihre Augenbrauen wollen das nochmal gehört haben und fragen nach, aber sie lacht alles aus, was ernst bleiben will, bis jedes Härchen zittert vor Lachen, und auch die Stirn macht mit und strafft sich und bietet sich dem Lachen, das immer neu durch den Hals rutscht und auf dem Tisch tanzt und das ganze Gespräch an sich reißt, um zu lachen und zu lachen.

Aber dann wieder Muschel-Ruhe: Laßt sie bitte

doch allein! Die Tür schließt sich beinahe immerwährend hinter ihrem Blick. Sie ist so wach, daß sie müde davon ist und nichts mehr abzugeben weiß.

Ihr Nacken neigt sich mit entlassendem Wink, aber der Tag bleibt noch. Er will den Abend mit ihr teilen; sie läßt es gern zu, aber still und im Buch, daß der Tag nicht allzu nahekommt, es war genug Tag heute.

Hin und wieder ist sie entwaffnet und lächelt auf, senkt das Buch und hebt das Gesicht und schaut wieder ernst in die Mitte.

Später kommt der Schlaf, der sie ganz für sich hat, es sei denn, sie träumt.

Wovon? Vom Tag.

# Trinitatis

Jahrelang war ich als Gauklerin durch die Lande gezogen. Die Ziehharmonika spielte ich leidlich, meine Kehle fabrizierte mit Hilfe der vielen Pfeifchen, die ich rauchte, eine schöne heisere Tonart, ein bißchen zaubern und flunkern konnte ich auch und in den Dorfkneipen erfuhr ich am Abend, was für Sensationen gerade die Runde machten, damit ich sie am nächsten Tag auf dem Marktplatz frisch, gewitzt und mit einer möglichst langen Nase für alle Beteiligten aufbrühen konnte. Das Geschäft lief gut genug, kein Grund zur Klage, den andern ging es auch nicht besser, für ein Stück Wurst und ein Bett reichte es, und wo nicht, schlief ich eh lieber im Heu.

Den Winter verbrachte ich bei meinem Bruder auf dem Hof und ersann neue Spiele und Späße und bastelte mir dies und jenes neue Instrument, eine Rohrflöte, eine Trommel, um mir selbst den nächsten Sommer zu verzuckern. Ich liebte das Neue, die klangvolle Abwechslung, und so ein selbstgemachtes Instrument schien mir die Krone der Schöpfung, auch wenn es nur einen Sommer hielt und die Töne sich dann irgendwie im Sande verliefen.

In einem Winter fiel mir nichts ein. Es war, als hätt sich alles ausgespielt. Mein Bruder lag krank in den Kissen, seine Frau hatte sich mit mir zerstritten oder ich mich mit ihr, ich erinnere mich nicht, nur weiß ich noch, daß es nicht richtig kalt werden wollte draußen, daß die Luft laukalt über den Pfützen stand, daß der Wind nicht heulte in den Nächten und daß diese schlaflos waren und die Tage müde. Die Kinder, die mir sonst immer zu Füßen gehockt hatten, schauten verlegen weg, wenn ich mit der Ziehharmonika ankam, sie wollten nicht einmal mehr selber probieren, und ich auch nicht. Ich stand ratlos vor dem Ofen und tat, als wärmte ich mir die Finger, die gar nicht froren.

Der Sommer, der folgte, war ein Abbild dieses Winters. Die Linden verloren früh in Regenstürmen ihre Blüten, die Sonne kroch schwerfällig hinter den Wolken entlang, die Wiesen lagen flach und grau da, enttäuscht wie ich. Mein Schabernack lockte kaum einen Menschen, ich spielte langgezogene Melodien, die am Schluß auf den Asphalt fielen und verstummt liegen blieben.

Es trieb mich aber immer weiter, und da kam ich eines Sonntags in ein Dorf, in dem auf dem Kirchplatz ein Gottesdienst gefeiert wurde. Das heißt, es wurde eher einer aufgeführt, denn siehe da, es waren drei Akrobaten auf Hochrädern, die umherfuhren im Kreis und sangen und predigten. Ich stellte mich zur lauschenden Menge und schaute zu und hörte auch. Es ging um die Dreifaltigkeit, also Gottvater, Sohn und Heiliger Geist. Jeder der Akrobaten stellte einen davon dar, sie fuhren umeinander und unterhielten sich und verstanden sich sehr gut. Es ging ihnen in ihren Worten und Liedern um uns Menschen, und ich war auch eine, der das galt. Die Nummer gefiel mir. Schließlich nahm einer der Akrobaten drei Fackeln, die er sich von den andern beiden anzünden ließ. Oben auf seinem Hochrad sitzend jonglierte er dann. Ein wirbelnder Feuerreif entstand unter seinen Händen, und die Menge begann zu klatschen und zu pfeifen vor Begeisterung. Die andern beiden sangen ein Lied, sangen immer lauter und schöner über die Menschen hinaus.

Plötzlich glitt dem Akrobaten eine Fackel aus den Händen. Sie flog in einem hohen Bogen zu mir herüber und zischte zu meinen Füßen auf den Boden. Ich sprang ein bißchen erschrocken zur Seite, damit mein Rock nicht Feuer fing. Der Akrobat rief irgendetwas, die Menschen lachten und schauten wie ich auf die Flammen dort am Boden, die beiden andern Akrobaten sangen immer weiter. Ich bückte mich und hob die Fackel auf. Sie war sehr leicht, und es kam mir so vor, als würde sie von den Flammen hochgezogen werden samt mir. Nun ging ich mitten durch die Menge hindurch, und ein Lachen stieg durch meine heisere Kehle hinaus, denn ich fühlte mich wie eine, die das olympische Feuer trug. Aber das war es gerade nicht. Vorn angekommen übergab ich es ziemlich feierlich dem Akrobaten, der die zwei anderen Fackeln dankbar schwenkte, und beinah hätt ich mich noch verbeugt aus lauter Ehrfurcht vor ihren Hoheiten. Als ich jedoch sah, wie die drei zwinkerten und lachten, ließ ich das und stellte mich zur Menge, aber diesmal vorn.

Nach dem Gottesdienst freundete ich mich mit den drei Akrobaten an, und es kam dazu, daß ich mit ihnen zog, von einem Kirchplatz zum nächsten. Ich spiele Ziehharmonika und singe und ich lerne, die Fackel aufzufangen, wenn sie in feurigem Bogen zu mir geflogen kommt. Dann werfe ich sie noch einmal hinauf in die Luft und bin das Echo der Dreifaltigkeit und schwenke sie über den Menschen und trage sie wieder langsam nach vorn. So ist mein Leben, und es gefällt mir.

# Flamingos

Unter den Flamingos war der Haß ausgebrochen.

Die steckelbeinigen Vögel ragten aus dem Gewässer, sie hoben ab und zu ihre Flügel aus dem gefiederten Negligé, bauschten den darunter liegenden zarten Flaum etwas auf, hackten sachte mit den gebogenen Schnäbeln ins Wasser oder ins Nichts und stolzierten umher, jede Kreatur für sich, gerade und stur. So war es einige Zeit gegangen, ein Leben wie im Operettencafé, niemand kam zu kurz und keiner scherte sich um den andern.

Die Flamingos zwinkerten dem Sonnenuntergang zu, als sei er extra für sie so prachtvoll geraten, sie langweilten sich aber gräßlich dabei. Viel zu hoch die Beine, viel zu gewölbt die Kniegelenke, ein Gang wie auf Zollstöcken. Das Rosa, das sie in Watte gepackt hielt, war eh die pure Schamhaftigkeit. So etwas konnte eigentlich nur lächerlich wirken, babyhaft, so eine Farbe in der Wildnis war geschmacklos.

Eine Gemeinheit, Flamingo zu sein. Eigentlich ein Zustand aus Plastik.

Was war denn echt? Diese Frage stand als schriller Ton über ihrer Künstlichkeit, die sie nicht verstecken konnten, die sie auszeichnete wie den Pelikan seine Hingabe.

Und nun: der Haß.

Lange schon zehrten die Vögel davon, denn der Haß, der war echt, der war nahrhaft, der schmeckte ihnen besser als jede schlüpfrige Alge. Er brach eines Morgens in aller Stille aus.

Die Flamingos waren erwacht und standen einbeinig in der lauen Tunke. Sie waren bereits satt und hatten nichts zu beanstanden. Die Hitze war wie immer das absolute Orakel des Tages, fieberte in der Luft wie die Moskitos. Am Ufer zitterte das Gras. Der Sand des Flußbodens war weich und angenehm. Die Zeit kein Thema für Flamingos.

Wieviel sie vom Haß schon geschluckt hatten, wußte keiner. Vermutlich sehr viel. Es war genug da, für jeden Flamingo eine Riesenportion seiner selbst. Aber wer merkte es, wenn doch alles war wie immer und der Haß bloß eine Zugabe im Blute, eine Art Zunder, ein Rinnsal giftigen Lebens!

Doch jetzt war das Maß voll. Es war genug. Der Haß floß über.

Es begann damit, daß ein Flamingo einen Wurm im Wasser entdeckte, sich träge besann, ihn zu vertilgen, und gemächlich hinabhalste, am eigenen Plüsch vorbei, an den eigenen Stelzen entlang, abgrundtief hinab zum Wurm, der sich wohlig räkelte, nichtsahnend. Der Flamingo hatte die Augen in Schlitzen geöffnet, so daß er bei seinem Hinabgleiten nicht umhin konnte, seiner

Eigenart gewahr zu werden, seiner Langbeinigkeit, seiner grotesken Körperlichkeit.

Nicht, daß er die nicht kannte. Stundenlang war die Wasseroberfläche ein Spiegel aller Flamingos: in ihrer Starre erblickten sie sich dort und in aller Klarheit. Aber der Flamingo sah sich über, er schämte sich und je mehr er sich schämte, desto mehr beneidete er den Wurm, der kein Flamingo war, und je mehr er ihn beneidete, desto mehr haßte er ihn mit einem Haß, der aus seinem langen Hals hervorzuckte.

Der Flamingo stieß ins Wasser und gurgelte hinein mit einem Schrei, der die umstehenden Existenzen erschütterte und aufbrachte. Alle begannen ihre Hälse zu recken und unruhig hin- und herzuwaten, daß es ein Geplatsche und Gespritze gab. Aber niemand sah ein Geschehen, alles war wie immer, und das war ja das Schreckliche. Und da merkten sie ihren Haß und schlugen mit den Flügeln. Flaum und Federn lösten sich und zerstoben in der Luft. Es war, als würde ein riesiges Federbett geschüttelt oder als schneite es rosa. Ein Durcheinander entstand. Schreie lösten sich spitz aus endlosen Kehlen. Manche Vögel flogen auf, umkreisten das Gebiet in Eile und Not und besahen sich den Haß von oben. Er quoll von unten herauf in blassgrünen Giftwellen, die jeder Flamingo hinausließ, wobei er sich krümmte und wand, als sei er insgesamt Hals, Hals, absurde, viel zu lange Schnur des Schlundes, in die nie etwas einfach hineinrutschte, die man immer tragen mußte wie eine Katastrophe der Schöpfung, wie die unumwundene Tatsache der Ungeschicktheit.

Schließlich wurde es gefährlich: der Haß griff ins Grobschlächtige. Die Flamingos, im blinden Taumel, stießen mit ihren Schnäbeln sich gegenseitig ins Gefieder. Sie hackten und zischten einander an und verletzten sich. Blut floß, das Wasser färbte sich rötlich. Und die umherfliegenden Flamingos schrien vom Untergang und schlugen angstvoll mit den Flügeln.

Der Haß, stärker als alle Angst, dauerte an, bis die Sonne unterging. In ihrer Glut dann loderte er wieder auf. Der Fluß stand in Flammen. Die Vögel brannten. Sie versprühten Wassertropfen wie glühende Funken. Rasch sank die Sonne, alles Feuer entschwand, es wurde dunkel, kühlte ab.

Die Flamingos zitterten noch eine Weile nach, hoben und senkten ihre Flügel, wiegten mit den Köpfen an den Hälsen und fanden zu einer zuckenden Ruhe.

Der Haß floß mit dem Blut den Fluß hinab und verlor sich im Meer.

Die Vögel steckten sich ein Bein unter den Leib wie jede Nacht. Heute tat es nur weh. Jeder war tief beleidigt, tief berührt, eigentlich verlegen.

Die Nachtluft strich über das Gewässer und kräuselte es um die langen Stelzen herum. Der große Mond ging am Himmel auf, Wolken zogen zerrissen in die Ferne.

Die Träume senkten sich herab, die auch Flamingos träumen.

Was war echt?

Der schrille Ton war nicht mehr zu hören, und es gab nichts mehr zu verstecken.

# Die Nachthütte im Gurkenfeld

Im galiläischen Land gibt es ein großes Gurkenfeld, auf der eine jener Hütten steht, in denen Wanderer sich nachts schlafen legen können, eine Nachthütte also. Sie ist gebaut aus groben Felssteinen und hat eine Tür, ein Fenster und ein Dach aus Schiefer, aus dem ein Schornstein ragt. Daß sie einen Kamin hat, ist das Gute an ihr, das Schlechte, daß es kein Holz gibt zum Verbrennen. Aber das Beste ist doch, daß diese Nachthütte da im Gurkenfeld steht und daß es zu ihr eine Geschichte gibt.

Sie beginnt mit einer klaren Nacht, in der die Sterne am Himmel blinkelten wie die Schönheit selbst. Der Mond, fast rund, sah aus wie ein schlafbedecktes Auge, seidenweiß wie auch die Lilien, die vereinzelt zwischen den Gurken wuchsen.

Es war nicht hell und nicht dunkel über den Feldern und sehr still.

Da kam ein Engel den Weg entlang auf die Nachthütte zu. Er ging zu Fuß und hatte einen Wanderstock in der rechten Hand, obgleich ihm doch zwei prächtige Flügel aus dem Rücken ragten. Es war tatsächlich das erste Mal, daß der Engel sich mit seinen Beinen fortbewegte; bisher hatte er sie lediglich nach einem Flug zum Landen gebraucht, sie waren für ihn also eher Bremswerkzeug. Aber nun setzte er einen Fuß vor den anderen, machte Schritte, kleine und große, denn er hatte keine Ahnung von der engelgerechten Schrittgröße. Manchmal stolperte er vorwärts in vielen kleinen Trippelschrittchen, purzelte schier kopfüber. Dann sagte er: »Übung macht den Meister«, und das bereitete ihm eine irdische Genugtuung. Wenn er aber aus Versehen mit den Flügeln Gleichgewicht flatterte, ärgerte er sich sehr, denn er wollte doch so tun, als habe er gar keine, er wollte so tun als sei er – ein bißchen wenigstens – Mensch!

Er war nun schon ganz in der Nähe der Nachthütte angelangt, da geriet er ins Träumen, verfiel wieder in seinen Engelflug, leicht schwebte er über die Erde hin, flügelschlagend, und sein Gewand streifte den Boden. Als er sich dabei erwischte, war es aus mit seiner Engelsgeduld, und er hätte am liebsten geflucht, ja: geflucht! – um wenigstens auf diese Weise seinen Fehltritt zu vermenschlichen. Aber wie fluchte man als Engel?

»Zum ...«, sagte er laut. Mehr fiel ihm nicht ein. »Zum!! Zum!« Es hallte durch die Nacht bis hinauf zum Firmament, und sein Zorn legte sich, ins Gurkenfeld.

Nun ging er weiter, Schritt vor Schritt, bis er vor der Tür der Nachthütte stand. Noch nie hatte er vor einer Tür gestanden. Als Engel konnte er ja einfach so in die Häuser hineinfliegen, was brauchte er Türen, was brauchte er Klinken, er hatte seine Himmelsbotschaften und überbrachte sie engelhaft direkt ... Wieder geriet er ins Träumen. Wovon träumt ein Engel? Der Engel wußte selbst kaum, wie ihm geschah, denn auch das Träumen war etwas Neues für ihn. Es gefiel ihm sehr. Aber nun wollte er in die Hütte hinein und ließ das Träumen sein, denn zwei Menschlichkeiten auf ein Mal waren für den Engel zu viel, das hatte er ja gerade beim Gehen gemerkt. Und so öffnete er die Tür, trat ein, schloß die Tür wieder und kam sich so kreatürlich vor, daß er vor Aufregung mit den Flügeln zitterte. Er schaute sich um und sah den Kamin und einen Tisch und eine Bank. Er sah diese Dinge, denn als Engel verbreitete er genug Eigenlicht, alles glänzte sogar ein wenig mehr als sonst. Er stellte seinen Wanderstock in die Ecke, setzte sich auf die Bank und beschloß, hier die Nacht zu verbringen, denn er dachte, das sei wohl etwas besonders Menschliches: in einer Nachthütte auf einem Gurkenfeld sitzen, die Arme auf den Tisch gelegt, den Kopf auf die Arme – und träumen. Morgen wollte er dann wieder ganz Engel sein und zurück ins Firmament fliegen, aber jetzt ...

Der Engel hatte nicht damit gerechnet, daß er nun auch noch schlafen würde. Als er am nächsten Morgen aufwachte, hatte er einen steifen Nacken und einen schlaftrunkenen Kopf. Hinzu kam, daß er die ganze Nacht von Maria geträumt hatte. Bei ihr war er gestern gewesen und hatte ihr die Botschaft von ihrem Jesuskind gebracht. Was kann einem Engel Besseres widerfahren?

Er räkelte und streckte sich und seine Flügel und öffnete die Tür. Der Morgen lag noch im Tau. Der Engel pflückte eine Lilie, steckte sie sich hinters Ohr, und so flog er von dannen.

Einige Monate später, im bitterkalten Winter, kamen drei Könige, darunter ein Mohr, zur Nachthütte im Gurkenfeld. Sie hatten müde, wunde Füße, denn sie waren von weitweit her und außerdem trugen sie recht schwer an ihrem Reichtum: Lauter kleine Säckchen baumelten ihnen um die Schultern, und der Mohr hatte sogar noch eines in seinem Turban auf dem Kopf eingewickelt.

Sie setzten sich in der Hütte auf die Bank und aßen türkisches Brot und schwiegen. Nach dem Essen rauchte der eine König eine Pfeife. Die ganze Hütte qualmte, bis der Rauch endlich aus dem Schornstein zog.

Der Mohr nahm seinen Turban ab (er war aus gelbem Brokat) und wickelte den Sack aus und schüttelte auf den Tisch, was drinnen war: lauter Edelsteine, Smaragde und Rubine und Lapislazuli. Einer davon sprang vom Tisch und rollte über den Boden bis hin zum Wanderstock des Engels. Da blieb er liegen. Der Mohr holte ein Seidenläppchen aus seiner Hosentasche hervor und begann, die Steine sorgfältig zu polieren, bis sie immer mehr glänzten und es in der Nachthütte funkelte. Der dritte König schaute zu und nickte und drehte versonnen an seinem langen Fernrohr, das er vor sich auf dem Tisch abgelegt hatte. Dann machten sie alle drei ein kleines Nickerchen und wanderten später weiter.

Es war nur ein paar Tage danach, daß eine Schar Hirten heranzog. Es hatte ein wenig geschneit, und zwei von ihnen, Joppo und Till, bewarfen sich den ganzen Weg bis zur Nachthütte mit Schneebällen.

»He!« rief der kleinste Hirte, der Finni, »nun laßt das Mal! Ich kann euch schon gar nicht mehr vom Schnee unterscheiden. Das find ich unheimlich!«

Meili, das Hirtenmädchen, blies auf ihrer Schalmei und tanzte rückwärts.

»Ich hab kalte Füß! Ich hab kalte Füß!« sang Tobias und sprang auf der Stelle auf und ab.

»Und ich: Hunger!« sagte Finni wütend, weil Joppo und Till nicht auf ihn hörten.

»Dideldum-didelda!« blies Meili, und Joppo öffnete die Tür der Nachthütte.

»Wie riecht es hier!« sagte er schnuppernd.

»Eßbar ist das nicht, was hier riecht«, brummte Tobias.

»Jammer nicht«, sagte Till, »wir haben noch Brot und auch Käse. Der Joseph wollte nicht alles annehmen. Er sagte, er will schon selber für seine Familie sorgen.«

»Edel sei der Mensch …«, sagte Tobias.

Da stellte sich der Finni vor ihm auf, ballte die Fäuste. »He – das war Spott! Laß das!«

Meili sah, daß Tobias miese Laune hatte und der Finni einfach zu klein war, als daß er es ohne ihre Hilfe schaffen könnte. Sie zwickte deswegen Tobias in den Arm und blies ihm eins mit der Schalmei ins Ohr: trüdelüh!

»Was ist los? Was hab ich getan?« kauzte Tobias und schob die beiden zu Seite.

Till und Joppo standen noch vor der Tür und schüttelten sich den Schnee vom Wams.

»Was soll das Gepiesacke! Spott kratzt doch die Heilige Familie nicht!« meinte Till.

»Ho! Was weißt du?« sagte Meili. »Einmal hab ich der Maria auf den Rocksaum getreten, aus Versehen, gerade als sie aufstehen wollte, und da ist er ein Stück eingerissen, und sie war ziemlich ärgerlich drüber.«

»Was willst du damit sagen?« fragte der Finni.

»Ich will damit sagen, was ich damit sagen will, du Öchslein«, sagte Meili.

»Du Naseweis«, gab der Finni zurück. War aber nicht böse, denn nun gab es was für den Hunger.

Sie saßen um den Tisch. Faßten sich an den Händen. Stießen dreimal mit den Ellbogen auf die Tischplatte und riefen: »Milch und Honig!« Dann teilte Joppo Brot und Käse aus. Während der Mahlzeit sprachen sie von der Herde, die sie zurückgelassen hatten bei den Hunden und dem alten Paulo. Ob alles gut gegangen war? Sicher nicht alles. Als sie nach dem Essen schläfrig waren, legten sie die Arme auf den Tisch, den Kopf auf die Arme und dösten.

Der Finni dachte an den Engelschor, den gewaltigen, und Meili sah das Umschlagtuch der Maria vor sich, das hatte ihr gefallen, es war karmesinrot gewebt und hatte einen Knopf aus Leder, fragt sich bloß, wozu der da war, vielleicht einfach für nix-und-wiedernix, das war es ja gerade …

Kurz bevor sie aufbrachen, entdeckte der Finni den Edelstein des Mohren in der Ecke.

»Seht her!« rief er. »Wie der funkelt!«

Sie bestaunten ihn und fühlten sich reich, und als sie auf das Gurkenfeld traten, das weißverschneite, rannte der Finni plötzlich los, rief: »Geht nur schon vor, ich tausche den Stein im Dorf ein und komme dann nach!«

»Aber gegen was denn?« schrien die anderen im Chor.

»Milch und Honig!« antwortete der Finni und wurde ein immer kleinerer Fleck im Schnee, so schnell lief er.

Zwei Tage später in der Abenddämmerung näherte sich die Heilige Familie der Nachthütte im Gurkenfeld. Der Vollmond prangte am Himmel wie ein großer Taler aus Weißgold. Joseph schien das gar nicht so recht zu sein. Er schaute sich immer wieder um, ob jemand sie im hellen Licht gehen sah und zog den Esel vorwärts.

Maria saß obenauf, das karmesinrot gewebte Tuch um den Kopf; das Jesuskind im Lammfell der Hirten schlief in ihrem Arm.

Sie waren auf der Flucht vor Herodes.

Das Schneefeld schien zu lauern. Es lag zu glatt und still da. Keine Lilie wuchs mehr zwischen den Gurken. Es ist alles zu weiß, fand Joseph.

Nun waren sie bei der Nachthütte. Joseph schaute erst einmal durch das Fenster. Gut, sie war leer. Er half Maria mit dem Kind vom Esel und öffnete die Tür. Ein Kamin! Aber kein Brennholz. Maria setzte sich müde und verfroren auf die Bank. Joseph holte den Esel herein und versuchte ihn dazu zu bringen, sich auf die Erde zu legen. Der war natürlich störrisch wie ein Esel, aber endlich ließ er sich dazu herab, Ofen zu spielen, warmes Kissen für die Heilige Familie.

»Joseph«, sagte Maria, »nimm du mein Tuch um die Schultern. Du hast vorhin schon so gehustet. Ich habe ja das warme Kindchen im Fell.«

»Ist gut«, brummte Joseph. Zu essen hatten sie vorerst genug (die guten Hirten!), Edelsteine auch (die guten Könige!). Sie kauerten sich an den Esel, der schlief schon fest; ab und zu lief ein Zittern über sein graues Fell. Das Jesuskind schlug die Augen auf und schaute zu, wie die Eltern Brot und Oliven und Käse aßen und Schnaps aus einer Feldflasche tranken. Es gab ein paar Laute von sich: ein Weinen und ein Jauchzen. Der Esel spielte lauschend mit den Ohren. Dann schlief das Jesuskind wieder ein, der Esel machte

Schlappohren, und Maria strich Joseph und sich die Brosamen von den Kleidern.

»Ich fürchte mich«, flüsterte sie. »Ich mich auch«, sagte Joseph, »laß uns jetzt schlafen, wir müssen morgen früh weiterziehen.«

»Weißt du die Adresse in Ägypten noch auswendig, die dir der König Kaspar gegeben hat?« fragte Maria.

»Hmhm«, antwortete Joseph, schon halb im Schlaf, »irgendwo am Bazar, Familie Habdul ...«

»Ach, wär'n wir da!« sagte Maria.

Sie schliefen bis zum Morgengrauen, das ihnen der Esel durch lautes Schnaufen ankündigte. Joseph entdeckte nach dem Frühstück den Wanderstock des Engels in der Ecke. Damit kann ich den Esel antreiben und mich in Müdigkeit stützen und die Wegelagerer vertreiben, dachte er.

Sie machten sich auf den Weg, der eine Flucht war bis Ägypten, und es ist bekannt, daß sie mit dem Leben davongekommen sind.

Die Nachthütte aber steht noch immer im Gurkenfeld, und ist da auch kein Brennholz für ihren Kamin, so gibt es doch diese Geschichte von ihr zu erzählen und einen Vermerk über sie im Buch Jesaja Eins Vers Acht.

# Antigen

> *»Vieles ist gewaltig, aber nichts ist gewaltiger als der Mensch.«*
>
> nach Sophokles, Antigone, I. Standlied des Chores

Darf ich mich vorstellen? Bin ein Mann. Bin im Reagenzglas entstanden. Man hat bei der Zubereitung meines Seins ein paar Gene genommen, und diese feinen Partikel glitten am länglichen Glas hinab, gerieten unten am engen, runden Boden zueinander und fertig. Die ungeheuren Möglichkeiten begannen sich zu regen. Es war zu beobachten, wie ich da in Gang kam, mit Blut und Fleisch mich rechtmäßig zusammenbraute. Wachsende Knöchelchen im Lauf der Wochen. Man mußte die Gefäße wechseln, denn tatsächlich, das Kind wuchs, wie man sagt, es gedieh, wie es heißt, prächtig. Hatte natürlich Anschluß an alle möglichen Schlauchverbindungen zur Versorgung durch die Wissenschaft. Diese achtete unaufhörlich darauf, daß keine Antigene mein extraordinäres Seinsmuster verdarben. Aber alles ging glatt. Noch schöner: Es lief perfekt ab. Da eine Geburt in meinem Fall sich erübrigte, wurde ich aus dem letzten Gefäß genommen, von den Schläuchen abgenabelt, und als eine Krankenschwester mich mit dem gebräuchlichen Klaps auf den Hintern versah, schrie ich folgerichtig auf. Laut, aber nicht zu laut. Und auch genau so lang, wie es nötig war, um den umstehenden Menschen zu bescheinigen, daß meine Existenz nicht täuschte. Nein, das tat sie nicht, es stimmte alles, und mit vier Jahren kam ich in den Kindergarten. Ich verstand mich entwicklungsgerecht aufs Sprechen, Laufen, sogar Rennen, auch aufs Spielen, wenn der sogenannte Sinn mir danach stand. Keinerlei Abnormitäten also. Keine echten Sorgen für diejenigen, die mir als Erziehungsorgane, sprich: Eltern zugeteilt worden waren. Mann und Frau natürlich, verheiratet, sie übernahmen die Pflicht wirklich gern. Ich hatte ein Zuhause. Und übrigens hervorragende Vernunftreaktionen. Konnte verblüffende Antworten geben, jedem, der sie hören wollte. Irgendeine Frage – und schon plapperte ich Sinnvolles. Das machen Kinder ja so. Hervorragende Vernunftreaktionen also. Auch eignete ich mich von Anfang an dazu, die Dinge auszuführen, die man von mir erhoffte. Als ein normaler gesunder Mensch sollte ich mich erweisen, meine Eltern führten Buch darüber, wie ich mich verhielt. Und es zeigte sich, daß ich mit Sicherheit kein Mörder werden würde, daß die Gene solche Pannen tatsächlich nicht zuließen. Fehler machte ich keine, abgesehen davon, daß auch ich bisweilen fiel, mir das Knie aufschlug, kindgemäß.

Bin ich ein guter Mensch? frage ich mich seit einiger

Zeit. Kann das nicht sagen. Muß zugeben, daß mir schlechte Triebe völlig abgehen. Würde beispielsweise niemals Ameisen mutwillig zertreten. Habe an meiner Umwelt gar kein manipulatives Interesse. Würde beispielsweise niemals Blumen pflücken. Nehme die Natur als Kulisse zwar ernst, würde mich aber in keiner Hinsicht daran verschwenden. Mit Natur meine ich auch die anderen Menschen. All das, was nicht aus Metall oder Kunststoff ist. Selbstverständlich übe ich einen normalen Brotberuf aus. Es ist meine Pflicht zu leben. Doch eins frage ich mich auch noch: Ob ich wohl einen Tod kriege? Einen Tod samt Sterben. Habe ein dumpfes Gefühl, mein einziges übrigens, das sagt mir, daß es den Tod nicht gibt. Daß es nie zu Ende gehen wird. Aber ich weiß nicht, was.

# Konstantinas Engel

Konstantina, die einen winzigen Stehimbiß in der Nähe des Trappistenklosters betrieb, sagte zu Gecky, ihrem besten Stammgast: »Du wirst es nicht glauben.«

»Was«, schneuzte Gecky in seine Serviette.

»Du wirst es ja doch nicht glauben.« Konstantina hievte ihre dicken Oberarme auf die Theke, legte den Kopf zwischen die Hände und wiegte ihn hin und her.

»Na, was!« Gecky tat neugierig, war es aber eigentlich nicht. Ihn interessierte jetzt nur die Fleischkrume zwischen seinen Zähnen.

Konstantina nahm ihre Brille ab und rieb sich die Augen. Sie brauchte Zeit, denn diesen Knüller konnte man nicht so verkünden wie eine Zeitungsnachricht. Sie war schon selbst gespannt darauf, wie es sich laut aus dem eigenen Mund anhören würde. Sie probierte ein paar spezielle Wörter auf stummer Zunge aus, aber sie fielen gleich wieder herunter ins Gewöhnliche. So ging es nicht.

Ich fang einfach ganz von vorne an mit der Geschichte, dachte sie und setzte die Brille wieder auf.

»Gecky, jetzt hör mal zu«, sagte sie.

Er lehnte sich mit dem Rücken zur Theke. Von

hinten ließ er sich gern berieseln mit Konstantinas Redseligkeiten, von vorn war's ihm zu viel.

»Gestern abend hab ich hier noch aufgeräumt. Wie immer. Draußen war's schon dunkel. Ich hatte die Tür noch offen stehen zum Lüften. Es kam kalter Wind herein. Das war mir gerade recht. Ich stand am Grill und wischte die Röhren blank. Da wußte ich auf einmal, daß da jemand in meinem Rücken steht.«

Wer konnte das schon sein, dachte Gecky. Er hatte den Fleischkrumen geschluckt.

»Ich habe mich aber nicht gleich umgedreht. Wer jetzt noch was wollte, hatte Pech gehabt. Jeder konnte ja sehen, daß alles schon abgeräumt war. All die Frikadellen, die Tomaten, der Krautsalat, alles war schon im Kühlschrank verstaut. Ich putzte weiter. Derjenige oder diejenige oder dasjenige würde schon von selber wieder gehen. Dachte ich. Aber dann habe ich gemerkt, daß da niemand weggeht. Und ich habe einen Atem gehört.«

»Konstantina!« Gecky verdrehte die Augen. »Wenn da jemand war, hat er auch geatmet.«

»Denkst du!« sagte sie froh, als hätte sie darauf gewartet. »Habe ich auch gedacht. Aber du wirst es nicht glauben: Es war kein Atem. Es waren Flügel.«

»Flügel«, sagte Gecky.

»Ja.« Konstantina nickte, ob er es nun sah oder nicht. Sie nickte für sich selbst. Das brauchte sie, denn es hörte sich tatsächlich laut anders an, als es gestern war. Als es passierte, war es wirklich, so wie die Fliesen auf dem Boden mit den Spuren all der Gäste. Nur wenn sie es jetzt zu sagen versuchte, stoben die Wörter auseinander. Aber jetzt erinnerte sie sich daran, wie ihr die eigenen sieben Sinne auch auseinander gestoben waren, als sie sich endlich doch umgedreht hatte, um zu sehen, wer da in ihrem Rücken durch die Nase schnaubte.

»Da stand ein Engel, Gecky«, erzählte sie weiter. Es war am besten, den Faden einfach wieder aufzunehmen und sich nicht drum zu scheren, was Gecky dachte. Sie selbst hatte ja gestern auch nicht viel Zeit gehabt zu denken. Der Engel hatte in ihrer Imbißbude an einem der kleinen Stehtische gestanden. Seine Flügel hatten ihm über die Schultern geragt, weiß und herrlich.

»Dort hat er gestanden. Mit weißen großen herrlichen Flügeln. Sowas hast du noch nie gesehen, Gecky.«

»Weiß Gott nicht«, brummte Gecky gutmütig. Er wartete jetzt einfach ab, was noch so kommen würde, und dann wollte er gehen.

»Wie wurde mir zumute! Ich habe mich grausig erschrocken. Und versuchte, die Flügel glatt zu übersehen, damit ich wenigstens Guten Tag sagen konnte. Hat alles nicht funktioniert. Ich habe erstmal den Putzlappen weggelegt. Der Engel hatte eine Mönchskutte an, du weißt schon, so eine wie die Trappisten drüben. Die kommen ja nie her zum Essen, sie laufen nur mal still vorbei, sie schweigen unaufhörlich, hab ich gehört. Was muß das für ein Leben sein! Der Engel kommt von dort, hab ich dann gleich gedacht. Aber ein normaler Mönch war es nicht, die Flügel waren echt. Das hab ich gesehen.«

Gecky seufzte auf. Er wußte nicht, worauf Konstantina hinaus wollte und warum er hier immer noch stand. Er drehte sich zur Theke um.

»Ob ich einen Schnaps kriege?« fragte er. »Ich könnte den aber nicht zahlen.«

Konstantina schenkte ihm ein. »Der Engel hat mich dann was gefragt.«

Gecky kippte den Schnaps. Dann traute er sich zu fragen, was der gefragt hatte. Nicht daß es ihn nicht interessiert hätte.

»Er hat seinen Mund aufgemacht und gesagt: ›Konstantina‹ – er hat meinen Namen gewußt, und ich weiß nicht, woher, das hat mich noch mehr erschrokken. Ich bin ganz still gestanden und habe zugehört, was er jetzt sagen würde. So wie du jetzt, Gecky.«

Konstantina lächelte Gecky ins Gesicht. Oh ja, sie kannte sein Staunen, das ihm die Miene straffte!

»Weiter«, befahl Gecky.

»Immer mit der Ruhe. Wo Engel reden, geht es langsam zu. Der gestern hat die Worte über die Lippen gelassen, daß jedes einzelne sofort glänzte wie eingepackt in Alufolie. ›Konstantina, möchtest du die Maria spielen bei unserem Krippenspiel?‹ Das hat er mich gefragt.«

»Und wann beginnen die Proben?« fragte Gecky.

»Nachher. Wenn ich hier fertig bin, gehe ich rüber.«

»Du wirst ne schicke Maria abgeben, Konstantina, ganz bestimmt.«

»Ich werd mein Bestes versuchen.«

Jetzt war es raus, und sie ließ ihre Augen über ihre Imbißstube wandern. Es war ihr nicht ganz geglückt, die Geschichte so zu erzählen, wie alles wirklich war. Aber das war ja nicht die Hauptsache. Was aber war die Hauptsache? Daß der Engel hier war? Daß ausgerechnet sie die Maria spielen sollte? Sie wischte die Tische ab. Gecky stand noch immer da, wieder mit dem Rücken an die Theke gelehnt.

»Hauptsache, du gehst auch wirklich rüber, du Maria«, sagte er plötzlich.

## Tom Barlow

Im Jahr 1831 lebte ein Mann namens Tom Barlow in den Südstaaten von Amerika. Er hatte eine große, durch und durch weibliche Familie, sie bestand aus Frau und acht Töchtern, und jede einzelne von ihnen war sein ganzer Stolz, alle zusammen genommen aber gaben ihm das untrügliche Gefühl, daß etwas Entscheidendes fehlte. Und als er lange genug auf der Veranda seines stattlichen Hauses inmitten seiner Tabaksplantage gesessen und darüber nachgedacht hatte, was dieses sein könnte, dauerte es nicht lange, nur so ungefähr bis die Sonne pink und flimmernd zwischen den braunen Blättern, die bis zum Horizont hinwuchsen (denn Tom Barlow war ein reicher Tabaksfarmer) – bis sie also untergegangen war, und er kam darauf: ein Sohn fehlte.

Als er dies seiner Frau mitteilte, zeigte sie knapp auf die Töchterschar, die überall verteilt auf Hängematten, Schaukelstühlen und Gartenbänken sich räkelte, Limonade trinkend, und meinte, vom Kinderkriegen hätte sie jetzt genug.

Da stürzte sich Tom Barlow in den Suff. Immer wenn er den Rum hinunterspülte, kam es ihm so vor, als stünde sein Sohn vor ihm, gutwillig, schweigsam wie er und bereit, die Goldgrube der Plantage vollends auszuschöpfen. Während er, Tom Barlow mit seinem Hut, kaum einen Finger würde regen müssen. Denn davon hatte er genug, aber das wußte er nicht. Er spülte den Rum hinunter und zog sich mit der Zeit nicht nur eine rote Nase zu, sondern auch den Zorn seiner neun Frauen.

Allmählich verrauchte dieser Zorn und verwandelte sich in handfesten Stolz, die Frauen packten die Sache an und führten die Farm allein, wobei sie sich täglich bewiesen, daß sie es auch ohne Tom Barlow wunderbar schafften. Das gab Kraft.

Nun mußte dieser tatsächlich keinen Finger mehr regen, er lag mit seinem Hut unter dem Jacarandabaum, die Flasche am Ohr, und wartete auf seinen Sohn. Aber dieser tauchte nicht mehr auf. Tom Barlow nahm noch einen Schluck und einen weiteren, aber der Sohn ... – »Verflixt!« dachte Tom Barlow und wäre fast auf die Beine gesprungen, wenn ihm nicht in letzter Minute eingefallen wäre, daß diese ihn nicht mehr hielten. So blieb er liegen, ergrimmt über seinen Sohn, der ihn nun genauso im Stich ließ wie seine Weiber. Hab ich also nur noch meine Flasche, dachte er und schmiegte sich an sie. Sie war kalt und hart. Und leer bis auf den letzten Tropfen. Tom Barlow lag da und hörte auf die Musik, die der Rum in seinem Blut fabrizierte. Nicht übel, nicht übel, fand er. Seine Augen wanderten trunken durch den Jacarandabaum, das heißt, durch zwei Jacarandabäume. Nicht übel, nicht übel, fanden auch sie. In der Ferne sah er einige seiner Töchter mitten im Tagesgeschäft herumlaufen.

Eine kam jetzt auf ihn zu, oder waren es gleich zwei, mit einer Flasche in der Hand. »Hier, Papa«, sagte die Tochter, »hier hast du deine allerletzte Buddel Rum, der Keller ist leer wie eine Kanone nach verlornem Krieg und im Laden geben sie uns nichts mehr für dich. Da dacht' ich, trink sie lieber gleich aus, dann hastes hinter dir.« Die Tochter, oder waren es zwei, stellte die Flasche ins Gras, so wie sie es zu tun gewohnt war, aber so wie sie sich dann umdrehte, sah Tom Barlow, daß es nun das letzte Mal war und sie mit einer Flasche nicht mehr wiederkommen würde und vielleicht gar nicht mehr. Tom Barlow wurde es unbehaglich hier unter dem blauen Baum. Sein Sohn war noch nicht aufgetaucht. Die Musik klang jetzt schräg, oder war es eine alte Zikade. Er blinzelte hinüber zu der neuen Flasche, oder waren es zwei, nein eine, leider, die aufrecht und gefüllt dastand.

»Verflixt, Rum ist das keiner!« Jetzt sprang er auf wie ein Messer, Tom Barlow, und sein Hut fiel herab. Setzte sich gleich wieder, aber wach, auf einen Schlag blitzwach statt blitzblau. Sein Kopf leergefegt, frisch gewaschen die Sinne. »Die wollen mich vergiften.« Das stand fest, als einziges hier in der Gegend stand dies fest. Ja, seine Weiber, sein schlaues Frauenpack, das längst ohne ihn, seine neun Stücker Gold wollten ihn in die Grube legen. An die er seit einigen Jahren eh schon sein Ohr gelegt hatte. Erkannte er glasklar. Genauso klar wie das Glas der Flasche. Er nahm sie in die Hand und starrte auf das Gift. Oben saß ein dicker Korken, am Flaschenhals festgeklemmt mit einer Metallfassung. »Warum sperren die mir das Gift erst noch so fest ein, wenn sie mich los sein wollen? Wozu die Mühe?« dachte Tom Barlow und eine gehässige Ader an seiner Schläfe begann zu pochen. »Trink sie lieber gleich aus, dann hastes hinter dir«, machte er seine Tochter nach. Die ungewohnte Klarheit von Zunge und Stimme ließ ihn ein bißchen vor sich selber erschrecken. So war das ja nicht gemeint, wollte er hinzufügen, aber da lasen seine Augen schon das Etikett. Es folgte der zweite Blitz aus düsterem Himmel an diesem Tag, und als er jetzt schreckensbleich auf die Beine sprang, blieben diese stehen wie eine Eins. Denn es handelte sich, wie Tom Barlow sah, bei dieser Flasche um die letzte Bouteille aus dem Keller seines Vaters, mitgebracht aus Paris. Diese Flaschen kannte er von Kindesbeinen an, man durfte sie nicht anrühren, sie lagerten und lagerten im Keller, um immer kostbarer zu werden, hatte man ihm gesagt.

Oh oh oh, machte Tom Barlow ein paar Mal, und setzte sich wieder. Mein Respekt, sagte er dann und hob den Hut. Die Zikade begann wieder zu singen. Ein Wind stieß in den Jacarandabaum. Zeit verging, nicht viel, aber langsam, bis Tom Barlow sich entschied: Heut ist der Tag, heut ist sie kostbar genug, die alte Flasche, ich öffne sie. Er drehte an der Metallfassung und lockerte den Korken. Der hob sich plötzlich von allein und mit einem Knall explodierte etwas und der Korken jagte hoch hinauf in die Äste, daß es blaue Blüten regnete und die Vögel davonflogen. In der Ferne blieb die Frauenschar stehen und schaute herüber. Weißer Schaum quoll aus dem Flaschenhals und floß verebbend über Tom Barlows Hand. So schnell er konnte, fing er ihn mit dem Mund auf und setzte dann die Flasche an. Ein Schluck nur, ein überaus überraschender Schluck, der auf der Zunge zerging wie sonst nichts. Nicht übel, nicht übel, murmelte Tom Barlow. Dann stand er auf und ging zu Frau und acht Töchtern. »Probiert!« rief er ihnen entgegen, nüchtern wie nie. »Das wird unser neues Geschäft!«

Und so kam es, daß Tom Barlow aus dem Suff ausstieg und die Goldgrube seiner Plantage in das erste Champagner-Importunternehmen der Südstaaten verwandelte.

# Die Elster

In den Bienen und Blumen regte sich schon der Sommer. Ihre Emsigkeit entfaltete sich täglich summender und farbenprächtiger, und dann ließ die Sonne auch ihre Wärme zu und blinzelte in die überschwappende Regentonne auf unserem Hof und flimmerte in den Spinnweben der Stallfenster.

Ich wußte Mama und Heidrun im Gemüsegarten und wagte es, meine Strümpfe auszuziehen. Das Hofpflaster fühlte sich kühl und feucht an, aber die Grasbüschel kitzelten ganz sommerig.

Wie es duftete! Alles naß, alles dampfend, wie nur die Sonne es dampfen lassen kann.

Ich streckte meine Arme in die Höhe, damit die Strahlen daran zu Boden gleiten konnten. So stand ich eine Weile in ihrer Zärtlichkeit, die Augen geschlossen, mit nach oben gerichtetem Kopf. Wieviele Sommersprossen hat sie mir schon auf die Nase geschenkt? Ich lief die Stufen hinauf in die Küche. Im Spiegel waren keine zu erkennen, aber was wußte der von Sommersprossen, der ewig-blinde.

»Was du wieder schaust, Kind.« Hilde am Küchentisch, mit den Armen tief in der großen Kuchenschüssel.

Wenn ich jetzt naschte, würde sie auch meine nackten Füße entdecken, um gleich doppelt zu schelten. Ich müßte mich artig auf den Stuhl am Tisch setzen und sie eine Frage beantworten lassen, dann würde sie sich sehr wichtig fühlen, besonders intensiv arbeiten, und ich könnte verstohlen meine Strümpfe anziehen und bekäme hinterdrein einen Löffel Teig geschenkt, zur Belohnung, weil sie die Frage so gut beantwortet zu haben glaubte.

»Werktags einen Kuchen?« Ich ließ mich auf dem Stuhl nieder und holte meinen ersten Strumpf aus der Hosentasche.

»Für die Elster.«

»Ist es schon wieder so weit?«

»Heute nachmittag reist sie an. Heidrun hat das Zimmer schon hergerichtet.«

»Ihr Gemach.« Ich kicherte.

»Sei nicht zu frech. Aber du hast ja recht. Wenn sie es nur ein wenig verdient hätte, all das Getue mit Kaffee ans Bett, mit den bestickten Laken. Aber die braucht ja gar keinen Urlaub.«

»Und mit geputzten Stallfenstern.«

»Was!?«

»Ja, Hilde, letztes Jahr hat die Elster geschimpft, daß sie beim Sonnen immer die schmierigen Stallfenster vor den Augen hat. Vor der Sonnenbrille. Und ›unsauber‹ hat sie gesagt, ›unsaubere Stallfenster‹.«

»Dann lauf mal schnell und mach sie sauber, die unsauberen.«

Ich tat es, wie Hilde den Kuchen backte, wie Mama die antike Bettflasche polierte, wie Papa das quietschende Hoftor ölte, wie Heidrun den Liegestuhl auf das Rasenstück beim Stall stellte. Wir taten es jedes Jahr. Mit einer bienenähnlichen Emsigkeit stellten wir Haus und Hof auf Willkommen ein.

Der jährliche Elster-Sommerbesuch war eine Selbstverständlichkeit, über die nicht mehr viele Worte verloren wurde. Jeder kannte seine Pflichten während dieser fünf eigentümlichen Wochen. Pflichten zum Wohle der Elster. Nur für Hilde und mich waren diese Wochen immer wieder Grund zu empörtem Austausch, abends nach getanen Elsterwohl-Pflichten. Und dabei galt die Empörung weniger den zusätzlichen Pflichten als der Person der Elster. Die übrigens nur Hilde und ich so nannten. Vater und Mutter sprachen nur von ›Frau Geiersberg‹. Aber Hilde sagte: »Die pickt sich die Rosinen aus dem Kuchen. Die will nur das Feinste im Leben. Von einem Urlaub zum andern. Eine Elster.« Und würzte den Kuchen mit einer guten Prise Boshaftigkeit.

Eine kleine Ecke des linken Stallfensters ließ ich staubig und schmierig.

Am Nachmittag kam sie angefahren, parkte ihr blitzblankes Auto hinter dem Hühnerstall. Vater und Mutter begrüßten sie und trugen zahlreiche Gepäckstücke ins Gemach, während die Elster langsam folgte. Ich versteckte mich mit Hilde hinter der Küchentür und blickte ihr nach.

»Da schlurft sie in ihren Urlaub«, brummte Hilde und schüttelte den Kopf.

Kurz darauf begann bereits die Sonnenbadprozedur. Die Elster trug die Sonnenbrille auf der Nase und eine Wolldecke über dem Arm, als sie über den Hof zum Liegestuhl ging. Sie wickelte sich warm ein und legte sich hin.

Hilde setzte Kaffee auf und machte das Tablett fertig. Mutter kam in die Küche und fragte mich, ob ich ihr schon Guten Tag gesagt hätte. Das sollte ich doch mal aber schnell tun, bevor sie einschliefe.

»Das kann ich doch nachher tun, wenn Hilde ihr den Kaffee bringt.«

»Nein, wenn ihr einzeln geht, hat sie mehr davon. Dann freut sie sich.« Die Logik der Herzlichkeit. Ich wußte ihr nichts zu erwidern und ging langsam hinaus.

Die Sonne schien warm. Ein paar Hühner kamen zögernd aus dem Stall und pickten hektisch um das Auto herum, scharrten im Sand, gackerten vereinzelt.

Mein Schatten fiel auf das Gesicht der Elster. Sie nahm die Sonnenbrille ab und hielt die Hand vor die Augen, als ob sie mich durch die Brille nicht sehen könnte.

»Guten Tag.« Ich gab ihr die Hand. »Ich wünsche Ihnen einen schönen Urlaub.«

»Urlaub ist gut. Ich arbeite ja nie.« Die Elster setzte sich die Brille wieder auf.

»Dann brauchen Sie auch keinen Urlaub«, versetzte ich ihr streng.

»Ja. Ich komme hierher, um zu vergessen.« Sie sagte es sehr monoton, ganz gleichgültig, sehr müde, und schien auch kein Interesse zu haben, sich näher zu erklären. Es war ihr Antwort genug. Mir auch. Ich hatte Herzklopfen, wollte gar nicht mehr wissen.

Eine Weile stand ich noch und ließ meinen Schatten auf ihrem Gesicht ruhen. Sie schien eingeschlafen zu sein.

Ich drehte mich um und ging zum Stallfenster. Mit der Hand rieb ich die kleine schmierig gelassene Ecke sauber.

Hilde brachte das Tablett mit dem Kaffee.

# Lebek Gramlich

Lebek Gramlich stolperte. Das war kein aus Mißgeschick hervorgerufener, kein zufälliger Zwischenfall in der Gehbewegung, es war eine Eigenschaft dieses Mannes von 57 Jahren, Bibliothekar ohne Brille und Hut, eine Eigenschaft, die er besaß, seitdem er gehen konnte, wenn man bei diesem von Stolpern durchsetzten Fortbewegen von Gehen noch sprechen konnte. Ist darüber auch keine eindeutige Meinung zu gewinnen, so kann man doch ohne Zögern der Formulierung rechtgeben, daß Lebek Gramlich die Eigenschaft des Stolperns tatsächlich besaß, und zwar genau so, wie einem Besitz eignet.

Ist jemand in Besitz beispielsweise einer Taschenuhr, so wird er sich darüber nicht ständig bewußt: Er hat sie vielmehr in seiner Hosentasche, zur Sicherheit an einer silbernen Kette, an der er die Uhr hervorholen und lesen kann. Er freut sich vielleicht hin und wieder an ihrem Ticken, an der effektvollen Einrichtung des Schnappverschlusses, er putzt das Gehäuse mit dem Schnupftuch, wenn es nötig ist, aber das kann er auch so nebenbei mit der einen Hand erledigen, dabei eine Zigarette rauchen, Ringe schmauchen und das

Gespräch fortsetzen. So besitzt jemand beispielsweise eine Taschenuhr.

Lebek Gramlich in Besitz seines Stolperns verhielt sich nicht sehr viel anders als dieser Taschenuhr-jemand. Er ging und dachte nicht weiter daran, und er stolperte und dachte auch nicht weiter daran. Hin und wieder stieß er mit einem Fuß gegen unsichtbare Gegenstände auf dem Fußboden, sprang kaum gehindert in elegant-abgekürztem Winkel darüber hinweg, fing sich leichtfüßig wieder mit dem anderen Fuß auf und ging, ohne großes Aufsehen bei sich erregt zu haben, weiter, kam ohne Stolpern über die nicht unsichtbare Teppichkante, stolperte mitten darauf wieder, und so ging er, so ging es, so ging er weiter.

Klara Passel, seine Kollegin, Bibliothekarin mit Brille, ohne Taschenuhr, Stolpern, Hut und Ehemann, beobachtete ihn seit Jahren, immer von neuem erstaunt über seinen Gang, und kam schließlich in der Stille ihrer Bücherregale zu dem Ergebnis, daß das Stolpern keine ungeschickte Angelegenheit sei: er stieß sich ja nicht wirklich, nahm also keinen Schaden an einem der Zehen. Er wurde auch nicht wirklich behindert am Fortgang, kam sogar wie kurz und heftig angeschoben, ja, fast wie durch ein winziges, nur leicht abgewandeltes Galopp um einiges schneller weiter und war überhaupt ein hurtiger Bibliothekar.

Klara Passel begann nach diesen Überlegungen an ihrer eigenen, so allmenschlichen Gangart zu zweifeln, und als Lebek Gramlich gerade einmal mit einem Stapel Bücher aus dem Raum gestolpert war, ohne auch nur ein einziges Buch dabei verloren zu haben, versuchte Klara Passel ein paar Stolperschritte zwischen den Regalen, wobei sie sich aber doch immer wieder abstützen mußte, bald den Glauben an ihre Begabung für diese Gangart verlor und das Üben wieder aufgab.

Lebek Gramlich kam zurück und ging an seiner Kollegin vorbei, nickte ihr zu und setzte dem Gruß einen stolpernden Akzent.

»Nun muß ich Sie fragen, Kollege Gramlich, nun muß ich es wissen!« Klara Passel stellte sich resolut vor ihn hin und blickte ihn bebrillt an.

»Ja bitte?« erwiderte Lebek Gramlich.

»Dieses gekonnte Stolpern, woher haben Sie das? Wie sind Sie daran gekommen?« Man hörte eindeutig heraus, daß Klara Passel auch von einem Besitz ausging, was die Stolpereigenschaft von Lebek Gramlich betraf.

Lebek Gramlich schaute ein wenig erstaunt-gleichgültig, als wäre er darauf angesprochen worden, woher er denn die Taschenuhr habe, die doch nun wirklich nirgends anders herkommen konnte als aus dem Uhrengeschäft.

»Sehen Sie, ich heiße Lebek Gramlich«, antwortete er und machte eine erklärende Handbewegung. »Man kann den Namen nicht aussprechen, ohne zwischen Vor- und Nachnamen abzusetzen. Man muß gewissermaßen darüber stolpern. Mein Name heißt mich stolpern.«

Und er ging zum nächsten Bücherregal und stolperte dabei, galopp-elegant.

# Inhaltsverzeichnis

*Bibliografische Information Der Deutschen Bibliothek*
Die Deutsche Bibliothek verzeichnet diese Publikation in der Deutschen Nationalbibliografie; detaillierte bibliografische Daten sind im Internet über *http://dnb.ddb.de* abrufbar.

ISBN 3-421-05762-1



Die Kurzgeschichte »Mikado« ist zuerst veröffentlicht in der Anthologie *Das Dorf*, erschienen im Silberburg Verlag.

Umschlaggestaltung: Christiane Hemmerich Konzeption und Gestaltung, Tübingen.
Herstellung, Gestaltung und Satz: niemeyers satz, Tübingen.
Druck und Bindung: Pustet, Regensburg.